D'autres temps, d'autres mœurs ?

par Olivier Celik

À LA FIN DU XIXE SIÈCLE, nombreux furent les écrivains à se poser en contempteurs d'une société aux mœurs corrompues dominée par le règne de l'argent, d'Émile Zola à Octave Mirbeau, en passant par Jules Renard… Pourtant, c'est bien pour Henry Becque et son théâtre réaliste que les critiques dramatiques inventèrent ce qualificatif de « comédie rosse » ou « cruelle », qui résume si bien et l'esprit et la lettre de ses pièces parmi les plus acides du répertoire français : *Les Corbeaux* (1882) et *La Parisienne* (1885), dernière pièce du dramaturge, véritable drame devenu, par la force de l'écriture et la cocasserie des sous-entendus, une comédie d'une jubilatoire férocité.

Écrite à l'encre noire, *La Parisienne* est une évocation implacable de la société bourgeoise, de sa médiocrité et de sa terrible vanité. Parfait équilibre entre divertissement et charge politique, entre plaisir et observation au scalpel, ce chef-d'œuvre de Becque fascine et scandalise, tant il vise juste, frappe fort, dénonce avec une virulence extrême le dévoiement d'une bourgeoisie affairiste et sans scrupules, bafoue même les convenances de la morale conjugale et son hypocrisie.

Dans ce couple à quatre protagonistes, où le mari trompé s'est mué en ami, où l'amant officiel ne supporte aucun rival, où le jeune fils d'une amie sème le trouble dans les sentiments de Clotilde avant de la laisser à sa solitude, chacun se retrouve perdant. Et notre « Parisienne », qui semblait tant gouverner ces hommes qui ne pensaient qu'à la séduire, et qui semblait même les manipuler en leur faisant croire qu'elle était en leur pouvoir, se retrouve elle aussi prisonnière et démunie…

On imagine sans peine à quel point le rôle de Clotilde peut émerveiller une comédienne. Et c'est à Barbara Schulz que revient l'opportunité d'incarner cette formidable « coquette », libre, réaliste et audacieuse, sur les planches du Théâtre Montparnasse, aux côtés de Jérôme Kircher et sous la direction de Didier Long. Le metteur en scène a choisi de nous montrer la pièce dans son contexte, dans son époque, afin, paradoxalement, qu'elle puisse résonner dans toute sa force et son intelligence. On dit sans doute trop souvent que *La Parisienne* évoque un autre temps, et que le monde dont elle parle n'existe plus. Mais en est-on vraiment sûr ?

Clotilde (Barbara Schulz)

L'avant-scène théâtre
numéro 1289 - 1er octobre 2010

La Parisienne

Henry Becque

Paris, à la fin du XIXe siècle. Clotilde, une coquette qui rêve d'ascension sociale, est mariée à Du Mesnil et entretient une liaison avec Lafont. Son époux ne parvenant pas à trouver un emploi à la hauteur de ses ambitions, elle décide de faire jouer ses relations. Mais les intrusions incessantes de Lafont, la sentant s'éloigner de lui, viennent perturber le dénouement de ses tractations et compromettre son idylle avec Simpson, un jeune aristocrate…

L'avant-scène théâtre

75, rue des Saints-Pères - 75006 Paris
Tél. : 01 53 63 80 60 / Fax : 01 53 63 88 75
contact@avant-scene-theatre.com

* Les Éditions L'avant-scène théâtre
Président directeur général : Philippe Tesson
Directeurs délégués :
Anne-Claire Boumendil, Olivier Celik

* Rédaction
Directeurs, rédacteurs en chef :
Anne-Claire Boumendil, Olivier Celik
Secrétariat de rédaction :
Angéline Albouze, Julie Le Floch
Comité de rédaction : Armelle Héliot,
Gilles Costaz, Jacques Nerson,
Stéphanie Tesson

* Services commerciaux
Diffusion, abonnements
Tél. : 01 53 63 80 45
commercial@avant-scene-theatre.com
Comptabilité : Nathalie Boyer
Tél. : 01 53 63 80 64 / Fax : 01 53 63 88 75
comptabilité@avant-scene-theatre.com
Stock : Vincent Dupréelle
Tél. : 02 38 33 45 28 / Fax : 02 38 33 13 54
commande@avant-scene-theatre.com

* Les publications de L'avant-scène théâtre
L'avant-scène théâtre, revue bimensuelle
L'avant-scène théâtre Poche
La Collection des quatre-vents
L'Anthologie de L'avant-scène théâtre
Les Nouveaux Cahiers de la Comédie-Française
Les Petites Formes de la Comédie-Française

Photographie de couverture : © Jean-Paul Lozouet
Impression : Imprimerie des Deux-Ponts - Eybens
Commission paritaire 0310K86211
ISSN 0045 1169 - ISBN 978-2-7498-1163-5
Dépôt légal : octobre 2010 / Imprimé en France

Cette revue a été publiée avec le concours
du Centre national du Livre et de la SACD.

SACD Société des auteurs et compositeurs dramatiques
Centre national du Livre
la culture avec la copie privée

Le Théâtre Montparnasse
– direction Myriam Feune de Colombi et Bertrand Thamin –
en coproduction avec Atelier Théâtre Actuel
présente

La Parisienne

Henry Becque

Mise en scène de Didier Long

avec

Barbara Schulz : *Clotilde*
Jérôme Kircher : *Lafont*
Didier Brice : *Du Mesnil*
Alexandre Guansé : *Simpson*
Candice Crosmary : *Adèle*

Décor : Jean-Michel Adam
Costumes : Renato Bianchi, assisté d'Isabelle Benoist
Ensemblière : Aurélie Secondé
Lumières : Laurent Béal et Didier Brun
Musique : François Peyrony
Collaboration artistique : Anne Rotenberg
Assistant à la mise en scène : Jeoffrey Bourdenet

Spectacle créé le 15 septembre 2010
au Théâtre Montparnasse

Photographies de répétition
Jean-Paul Lozouet

Attaché de presse : Pierre Cordier, assisté de Guillaume Andreu

L'affiche

Henry Becque, l'auteur

Portrait d'Henry Becque par Nadar.

Né à Paris le 28 avril 1837, Henry Becque est un dramaturge français surtout connu pour deux œuvres : sa comédie *La Parisienne* (1885) et son drame réaliste grinçant *Les Corbeaux* (1882). Il est un observateur réaliste et satirique de la société bourgeoise des débuts de la IIIe République. Son exigence morale et son intransigeance ont sans doute nui au succès de ses pièces.

Henry Becque commence sa carrière en travaillant dans l'administration : il est d'abord employé de bureau à la Compagnie des chemins de fer du Nord, puis à la chancellerie de la Légion d'honneur et, enfin, chez un agent de change. C'est en 1867 qu'il se met à l'écriture en signant le livret de *Sardanapale*, un opéra en trois actes et cinq tableaux, imité de Lord Byron, créé à Paris au Théâtre impérial lyrique le 8 février 1867. Cet opéra rencontra un certain succès.

Le dramaturge se tourne ensuite vers le vaudeville (*L'Enfant prodigue*, 1868), puis vers le drame social (*Michel Pauper*, 1870 ; *L'Enlèvement*, 1871), mais ces pièces ne rencontrent pas un franc succès.

Suite à ces échecs, Henry Becque se consacre à la critique de théâtre, en particulier pour le journal *Le Peuple*, avant de renouer avec l'écriture dramatique et de se faire enfin véritablement connaître du public avec *La Navette*, une comédie en un acte créée à Paris au Théâtre du Gymnase le 15 novembre 1878. Dès lors, Becque connaît de grands succès, en particulier avec *Les Corbeaux* et *La Parisienne*, pièces créées respectivement à la Comédie-Française le 14 septembre 1882 et au Théâtre de la Renaissance à Paris le 7 février 1885.

Il publie en 1887 un recueil de poésies intitulé *Sonnets mélancoliques*, puis ses mémoires en 1895, sous le titre *Souvenirs d'un auteur dramatique*.

Il meurt à Paris le 12 avril 1899, laissant inachevée la pièce en quatre actes *Les Polichinelles*, qui sera publiée à titre posthume.

Didier Long, le metteur en scène

© Pascal Victor

DIRECTEUR ARTISTIQUE du festival de la correspondance à Grignan de 2000 à 2005, Didier Long est un habitué des salles parisiennes, où son travail de metteur en scène a rencontré les faveurs du public et de la critique.

À peine monte-t-il en 1997 *Le Roman de Lulu* de David Decca (c'est dans cette pièce que Didier Long donne à Sandrine Kiberlain l'occasion de faire ses débuts sur les planches) qu'il connaît sa première nomination aux Molières. Six autres suivront pour *Becket*, *Mademoiselle Else*, *La Vie devant soi*, *Le Gardien*, *Equus*. Sa direction d'acteurs, juste et précise, lui donne l'occasion de travailler avec des comédiennes de renom, comme Myriam Boyer, Geneviève Casile, Isabelle Carré, Isabelle Gélinas ou bien encore Marie Laforêt, incarnant Maria Callas dans *Master Class* et Isabelle Adjani dans *La Dernière Nuit de Marie Stuart*.

Après *Hygiène de l'assassin* d'Amélie Nothomb (1996), Didier Long met en scène *Becket* d'Anouilh (2000) avec Bernard Giraudeau et Didier Sandre, puis *Le Limier* d'Anthony Shaffer (2002) avec Jacques Weber et Patrick Bruel puis Philippe Torreton et, récemment, deux spectacles où il poursuit son exploration des arcanes de l'esprit humain, *Le Gardien* d'Harold Pinter, dans lequel il dirige Robert Hirsch (qui reçoit pour l'occasion le molière du meilleur comédien) et *Equus* de Peter Shaffer (2008). Parmi ses nombreuses sources d'inspiration, on compte aussi Romain Gary. En 2008, *La Vie devant soi* reçoit une triple récompense : le molière de l'adaptateur (Xavier Jaillard), du théâtre privé et de la comédienne pour Myriam Boyer, il reçoit également le Globe de Cristal pour la mise en scène. En 2009, il dirige avec brio Samuel Le Bihan, Barbara Schulz et Bruno Abraham-Kremer dans *Parole et guérison* de Christopher Hampton.

Les comédiens

BARBARA SCHULZ
(*Clotilde*)

C'est à quinze ans que Barbara Schulz entre au cours Simon. Puis, parallèlement à ses études en Sorbonne, elle suit une formation d'art dramatique auprès de Jean-Laurent Cochet.

Elle fait sa première apparition au cinéma dans *L'Irrésolu*, avec Vincent Lindon, et sur les planches dans *Les Sorcières de Salem*.

En 1997, elle décroche son premier grand rôle dans *Dommage qu'elle soit une putain*, créé par Jérôme Savary. La même année, elle est avec Gérard Depardieu dans *Les Portes du ciel* de Jacques Attali et obtient sa première nomination aux Molières. Par la suite, Barbara Schulz accumule les prix : *La Dilettante* lui vaut d'être nommée aux Césars dans la catégorie du meilleur espoir féminin ; elle reçoit le molière de la révélation féminine avec *Joyeuses Pâques*, mises en scène par Bernard Murat, et le prix Suzanne-Bianchetti pour *Un aller simple* de Laurent Heynemann.

Désormais, elle est aux côtés des plus grands. Elle joue *Antigone*, créée par Nicolas Briançon et continue avec ce dernier dans *Pygmalion* : c'est sa troisième nomination aux Molières. Elle joue ensuite *En toute confiance* à la Comédie des Champs-Élysées, sous la direction de Michel Fagadau. Pour la 22e Nuit des Molières, elle est présidente d'honneur, aux côtés de Clovis Cornillac.

Entre deux spectacles, Barbara Schulz prête son jeu à la télévision pour *Une vie* de Maupassant et participe à deux longs métrages : *Erreur de la banque en votre faveur* de Michel Munz et Gérard Bitton et *Celle que j'aime* d'Élie Chouraqui.

Ses dernières pièces sont *Parole et guérison* de Christopher Hampton, mis en scène par Didier Long, et *Le Donneur de bain* de Dorine Hollier, monté par Dan Jemmett.

JÉRÔME KIRCHER
(*Lafont*)

Formé au Conservatoire de Paris, élève de Michel Bouquet et de Gérard Desarthe, Jérôme Kircher est comédien pour de nombreux metteurs en scène et dans des rôles aussi importants que variés.

Sous la direction de Jean-Pierre Vincent, il incarne *Lorenzaccio* à l'Odéon. Pour André Engel, il interprète *Le Roi Lear* (nomination pour le meilleur second rôle aux Molières), *Le Jugement dernier* d'Ödön von Horvàth (prix du Syndicat de la critique) et *La Petite Catherine de Heilbronn* (nomination pour le meilleur comédien aux Molières). Il joue dans *Le Prince* de Machiavel créé par Anne Torrès et dans *Résonances*, spectacle d'Irina Brook pour lequel il est nommé comme révélation théâtrale aux Molières. Il multiplie ses entrées en scène avec *La Mouette*, mise en scène par Philippe Calvario ; *Les Barbares*, par Patrick Pineau ; *Le Nègre au sang*, par

Au premier plan : Jeoffrey Bourdenet, Alexandre Guansé, Barbara Schulz. Au second plan : Myriam Feune de Colombi et Candice Crosmary. À l'arrière-plan : Jérôme Kircher, Didier Long, Didier Brice et Bertrand Thamin. © Jean-Paul Lozouet

Éric Elmosnino ; *Le Mental de l'équipe*, par Denis Podalydès et Frédéric Bélier-Garcia, *La Cerisaie*, par Alain Françon (prix du Syndicat de la critique) et *Promenade de santé*, avec Mélanie Laurent, créée par Nicolas Bedos.

Jérôme Kircher est lui-même metteur en scène : il crée *Berthe Trépat, médaille*

CLOTILDE (Barbara Schulz), LAFONT (Jérôme Kircher) et DU MESNIL (Didier Brice)

d'or avec Irène Jacob et Benoît Delbecq et, avec les mêmes interprètes, *Je sais qu'il existe aussi des amours réciproques*, au Théâtre de l'Atelier.

Il travaille aussi pour la télévision avec, notamment, Sébastien Grall, Pierre Boutron et Pascal Chaumeil, ainsi que pour le cinéma avec Jean-Pierre Jeunet (*Un long dimanche de fiançailles*), Laurent Boutonnat (*Jacquou le Croquant*), Éric-Emmanuel Schmitt (*Oscar et la Dame Rose*) ou encore dernièrement François Ozon (*Le Refuge*) et Jonathan Nossiter (*Rio Sex Comedy*).

DIDIER BRICE

(*Du Mesnil*)

Didier Brice a été formé par Max Naldini dans ses cours d'Aix-en-Provence et de Levallois-Perret, puis est entré au Conservatoire. Il a travaillé pendant dix ans avec Jean-Christian Grinevald sans cesser d'être présent sur les trois fronts du théâtre, du cinéma et de la télévision. Il a participé, pour ne citer que quelques titres, au *Grand Charles* de Bernard Stora sur Arte, à *Caméra café*, à la série *Père et Maire*, et, sur le grand écran, à *Comme une image* d'Agnès Jaoui, sans oublier ses engagements dans des films de Patrice Chéreau, John Frankenheimer, Ivan Calbérac… Sur scène, il a été particulièrement marquant dans deux pièces de Stéphan Wojtowicz, *La Sainte Catherine* et *Les Forains* qui lui ont valu trois nominations aux Molières, ou récemment au Théâtre Montparnasse, dans *Une comédie romantique* de Gérald Sibleyras aux côtés d'Élodie Navarre et de Stéphane Freiss dans une mise en scène de Christophe Lidon. Il met parfois lui-même en scène les textes auxquels il tient : il a été bouleversant dans le spectacle en solo qu'il interprétait lui-même, *Journal d'un poilu*, d'après le témoignage d'Henri Laporte.

ALEXANDRE GUANSÉ

(*Simpson*)

Formé au cours Florent puis au cours de Jean-Laurent Cochet, Alexandre Guansé arrive tôt sur scène. Il se lance avec *De Gaulle, celui qui a dit non*, créé par Robert Hossein, suivi des *Caprices de Marianne*, mis en scène par Catherine Brieux.

À partir de 2004, une collaboration avec le metteur en scène Arnaud Denis s'établit pour plusieurs pièces, *La Cantatrice chauve*, *Les Fourberies de Scapin*, *Les Femmes savantes*… Au cinéma, il joue en 2008 dans *Coco Chanel et Igor Stravinsky* de Jan Kounen et dans *Dream on* de Christophe Lioud pour les Talents de Cannes 2010.

CANDICE CROSMARY

(*Adèle*)

Candice Crosmary est formée au cours Florent puis aux Ateliers du Sudden avec Raymond Acquaviva. C'est dans des pièces classiques qu'elle commence tout en se confrontant au répertoire contemporain, dans des mises en scène de Raymond Acquaviva, Roch-Antoine Albaladejo ou encore Jeoffrey Bourdenet. Au cinéma, elle fait ses débuts dans *L'Adversaire* de Nicole Garcia et *Le Cœur à l'ouvrage* de Laurent Dussaux. Parallèlement, Candice Crosmary est « Docteur Rêve », clown à l'hôpital, pour l'association Théodora.

Clotilde (Barbara Schulz) et Lafont (Jérôme Kircher)

Personnages
(par ordre d'entrée en scène)

Clotilde

Lafont

Du Mesnil

Adèle

Simpson

La scène se passe à Paris.

La Parisienne *a été représentée pour la première fois à Paris le 7 février 1885 au Théâtre de la Renaissance.*

La Parisienne

Acte I

Le théâtre représente un salon élégant. Au fond, une porte à deux battants ; au fond également, à gauche, une deuxième porte à deux battants ; à droite, une fenêtre. Portes latérales, celle de droite, dans le milieu, à deux battants ; celle de gauche, simple et au premier plan. À droite, contre le mur, un meuble-secrétaire. En scène, à gauche, une table-guéridon et sur la table un buvard. Meubles divers, glaces, fleurs, etc.

Scène 1

Lafont, Clotilde

Au lever du rideau, la scène est vide. Clotilde, habillée, gantée, son chapeau sur la tête, entre par le fond, précipitamment. Elle tient une lettre fermée à la main. Elle va à la table, lève le buvard et cache la lettre dessous. Elle gagne le meuble-secrétaire, tout en tirant un trousseau de clefs de sa poche. Lafont paraît à ce moment. Il la voit là. Elle fait mine de fermer le secrétaire à triple tour. Lafont dépose son chapeau et s'avance sur Clotilde, très ému, en se dominant avec peine.

Lafont : Ouvrez ce secrétaire et donnez-moi cette lettre.
Clotilde : Non.

Un temps.

Lafont : Ouvrez ce secrétaire et donnez-moi cette lettre.
Clotilde : Je ne le veux pas.

Un autre temps plus long que le premier.

Lafont : D'où venez-vous ?
Clotilde : Ah ! C'est autre chose maintenant.

Lafont : Oui, c'est autre chose. Je vous demande d'où vous venez.

Clotilde : Je vais vous le dire. Je voudrais que vous vous regardiez en ce moment pour voir la figure que vous me faites. Vous n'êtes pas beau, mon ami. Vous me plaisez mieux dans votre état ordinaire. Où irons-nous, mon Dieu, si vous perdez toute mesure pour un méchant billet que le premier venu peut-être m'a adressé ?

Lafont : Ouvrez ce secrétaire et donnez-moi cette lettre.

Clotilde : Vous allez l'avoir… Vous devez penser que des scènes comme celle-ci, si elles se renouvelaient fréquemment, me détacheraient bien vite de vous. Je ne pourrais pas, je vous en préviens, subir un interrogatoire, chaque fois que j'aurais mis le pied dehors.

Lafont : D'où venez-vous ?

Clotilde : Tâchez donc d'être logique au moins, je vous le conseille. Il n'est pas probable que je quitte quelqu'un et qu'en rentrant chez moi je trouve un mot de lui.

Lafont : Ouvrez ce secrétaire et donnez-moi cette lettre.

Clotilde : Vous plaisantez, n'est-ce pas ?

Lafont : Je n'en ai pas l'air.

Clotilde : Vous me soupçonnez alors ?

Lafont : C'est plus probable.

Il lui montre le secrétaire de la main.

Clotilde : Vous le voulez ? Vous l'exigez ? Vous me le commandez ? C'est bien. *(Elle cherche lentement, avec affectation, la poche de sa robe ; elle en retire un mouchoir d'abord, un carnet et les clefs ; elle remet le carnet et le mouchoir ; jetant les clefs à la volée.)* Ouvrez vous-même. *(Elle le quitte ; il reste immobile, indécis, rongeant son frein.)* Allons, ramassez donc et allez ouvrir. Quand on a commencé, on va jusqu'au bout. On montre qu'on est un homme. *(Il se décide, se dirige vers les clefs et se baisse ; le rejoignant.)* Prenez bien garde à ce que vous allez faire. Si vous touchez ces clefs du bout des doigts… du bout des doigts…, ce n'est pas moi qui le regretterai, ce sera vous.

Lafont : *(il hésite, ramasse les clefs et les lui donne)* Reprenez vos clefs.

Pause pendant laquelle Clotilde ôte son chapeau et ses gants, se met chez elle.

Clotilde : Ça augmente, vous savez.

Lafont : Qu'est-ce qui augmente ?

Clotilde : Le mal est en progrès, je vous en avertis.

Lafont : Quel mal ?

Clotilde : Je m'étais bien aperçue déjà que vous me surveilliez et je riais de la peine que vous vous donniez… si inutilement. Jusqu'ici

Clotilde (Barbara Schulz) et Lafont (Jérôme Kircher)

cependant il n'y avait rien à dire. C'était de la jalousie, mais une jalousie aimable, qui flatte l'amour-propre d'une femme et dont elle s'amuse. Vous venez de passer à l'autre, la jalousie stupide, grossière, brutale, celle qui nous blesse profondément et que nous ne pardonnons jamais deux fois. Recommencerez-vous ?

Lafont : Clotilde ?

Clotilde : Recommencerez-vous ?

Lafont : Non.

Clotilde : À la bonne heure.

Lafont : Clotilde ?

Clotilde : Quoi, mon ami ?

Lafont : Vous m'aimez ?

Clotilde : Aujourd'hui moins qu'hier.

Lafont : Vous désirez me voir heureux ?

Clotilde : Je vous l'ai montré assez, je crois.

Lafont : J'ai peur de tous ces jeunes gens que vous rencontrez et qui tournent autour de vous.

Clotilde : Vous avez bien tort. Je cause avec l'un et avec l'autre ; le dos tourné, je ne sais plus seulement qui m'a parlé.

Lafont : Vous ne vous rappelez personne que vous auriez encouragé sans le vouloir et qui se serait cru autorisé à vous écrire ?

Clotilde : Personne.

Lafont : *(piteusement)* Ouvrez ce secrétaire et donnez-moi cette lettre.

Clotilde : Encore ! Cette lettre est de mon amie, madame Doyen-Beaulieu *(Mouvement de Lafont.)*, la plus vertueuse des femmes… sous ses airs évaporés. Je sais ce que Pauline m'écrit, et je serai la première à vous le dire quand vous ne me le demanderez plus.

Lafont : Clotilde ?

Clotilde : Après ?

Lafont : Vous êtes raisonnable ?

Clotilde : Plus que jamais.

Lafont : La tête est tranquille ?

Clotilde : La tête est tranquille et le cœur aussi.

Lafont : Pensez à moi, Clotilde, et pensez à vous. Dites-vous qu'une imprudence est bien vite commise et qu'elle ne se répare jamais. Ne vous laissez pas aller à ce goût des aventures, qui fait aujourd'hui tant de victimes. Résistez, Clotilde, résistez ! En me restant fidèle, vous restez digne et honorable ; le jour où vous me tromperiez…

Elle l'arrête, fait quelques pas vers la deuxième porte du fond et revient.

Clotilde : Prenez garde, voilà mon mari.

Scène 2
Les mêmes, Du Mesnil

Du Mesnil : Je savais bien que c'était Lafont que j'entendais ! Allez-vous, parlez-vous, potinez-vous, quand vous êtes ensemble ; le tonnerre ne vous arrêterait pas !

Clotilde : *(allant à lui, à mi-voix)* Tu étais donc rentré ?

Du Mesnil : Oui, j'étais rentré.

Clotilde : Depuis longtemps ?

Du Mesnil : Depuis quelque temps.

Clotilde : Il me semble, lorsqu'un de tes amis est là, que tu pourrais te montrer et le recevoir.

Du Mesnil : Je terminais quelque chose.

Clotilde : Qu'est-ce que t'a dit ton oncle ?

Du Mesnil : Je ne l'ai pas trouvé.

Clotilde : On ne le rencontre pas aisément.

Du Mesnil : Il m'a fait dire de revenir aujourd'hui.

Clotilde : Veux-tu que je t'accompagne ?

Du Mesnil : Tu nous gênerais.

Clotilde : Merci.

Du Mesnil : *(allant à Lafont et lui tendant la main)* Comment vas-tu ?

Lafont : Pas mal. Et toi ?

Du Mesnil : Peuh ! je ne suis pas bien gaillard en ce moment.

Lafont : Qu'est-ce que tu as ?

Du Mesnil : Je travaille beaucoup et ma santé s'en ressent.

Lafont : On se repose alors.

Du Mesnil : Il faut du temps et de l'argent pour se reposer.

Lafont : De l'argent, tu en gagnes.

Du Mesnil : Je le reçois d'une main et je le donne de l'autre.

Lafont : C'est amusant, ça.

Du Mesnil : C'est amusant… quand on est garçon.

Clotilde : As-tu bientôt fini de te plaindre, hein ? Crois-tu que tu intéresses monsieur Lafont et que tu me fasses plaisir ? À quel propos toutes ces lamentations ? Tu manges bien ; tu dors bien ; je ne connais pas de mari qu'on dorlote comme toi. Tu travailles ! Sans doute, tu travailles ! Tout le monde travaille ! Si j'étais à ta place, je ferais quatre fois plus de besogne et j'en parlerais quarante fois moins.

Du Mesnil : Elle est superbe, ma femme ! On ne sait pas, mon cher, ce que c'est qu'une maison comme la mienne, où les charges augmentent tous les ans et où les habitudes deviennent plus coûteuses tous les jours.

Clotilde : Tu continues ?

Du Mesnil : Laisse-moi parler un peu. Je ne vous ai pas dérangés tout à l'heure. Assieds-toi et prends ton ouvrage, puisque tu es si laborieuse. Jette un coup d'œil sur les culottes de tes enfants, ça ne fera pas de mal ; ces pauvres petits ont toujours leur postérieur à l'air.

Clotilde : Je les gâte trop.

Du Mesnil : Mais tu ne les raccommodes pas assez.

Clotilde : La femme de chambre est là pour ça.

Du Mesnil : Nous sommes logés aussi modestement que possible, je paye très cher pour vivre dans une prison. Les domestiques aujourd'hui ne se contentent plus de gages, ce sont des appointements qu'il leur faut. Nous dînons en ville souvent, c'est vrai, presque tous les jours ; mais ma femme, naturellement, veut être habillée comme toutes ces dames, et ce qu'on économise d'un côté, on le dépense de l'autre. On dîne mieux, voilà l'avantage.

Clotilde : Tu y es sensible.

Du Mesnil : Je ne dis pas non. J'aime mieux faire un bon repas dehors qu'un mauvais chez moi.

Clotilde : *(allant sur lui)* Finis, je te prie, et parlons de choses plus agréables.

Du Mesnil : Tu es célibataire, mon cher Lafont, eh bien, crois-moi, reste-le.

Lafont : Est-ce votre avis, madame ?

Clotilde : Mariez-vous ou ne vous mariez pas, ça ne regarde que vous.

Elle s'éloigne.

Du Mesnil : Veux-tu être plus aimable que ma femme et écouter ce que je vais te dire ?

Lafont : Très volontiers.

Du Mesnil : On fait de grandes démarches en ce moment pour moi, des démarches qui en valent la peine.

Lafont : Conte-moi ça.

Du Mesnil : C'est mon oncle, mon oncle Jean-Baptiste, le membre de l'Institut, que ma situation ne satisfait pas depuis longtemps. Il veut que je rentre dans l'administration des Finances. Il a là des amis, la plupart me connaissent, ces messieurs se sont entendus pour me trouver une recette particulière.

Lafont : Voilà la position qui te conviendrait, que tu remplirais à ton aise et où tu n'aurais plus besoin de personne.

Du Mesnil : Je ne marche pas mal en ce moment. Je suis très apprécié maintenant par mes Sociétés ; il ne s'y écrit pas un chiffre qui ne me passe sous les yeux. On recherche beaucoup ma collaboration au *Moniteur des intérêts agronomiques*, où je lance un pétard de temps en temps, ça me fait connaître. J'accepte tout ce qui se présente. Mais mon oncle ne l'entend pas de cette oreille-là. Il trouve qu'à mon âge, avec une femme et des enfants, on doit s'être fait sa place quelque part.

Lafont : Il a raison.

Du Mesnil : Il a peut-être raison. Je ne suis pas un mathématicien, je ne suis pas un économiste, je suis… autre chose. Je te dirai, entre nous, que mon petit ouvrage, mes *Considérations morales sur le budget* ont été très recherchées. Ces livres-là ne s'adressent qu'à un public de choix et ne s'enlèvent pas comme des romans. Cependant on a vendu, à l'heure qu'il est, de mes *Considérations* cent dix-neuf exemplaires… ou cent dix-huit. Il y a un exemplaire qui ne se retrouve pas. On l'a peut-être volé. Je vois là toute une sphère nouvelle pour moi, un filon à exploiter.

Lafont : Occupe-toi de ta recette d'abord, c'est le plus sûr, tu feras après ce que tu voudras. Je vais chercher de mon côté à te donner un coup d'épaule.

Du Mesnil : Garde-t'en bien. Mon oncle s'est avancé dans cette affaire et il veut être seul avec ses amis à la terminer. Il me semble, lorsqu'un membre de l'Académie des sciences morales et politiques consent à solliciter, lorsqu'il sollicite pour son neveu, lorsque ce neveu… est quelque chose, que le gouvernement n'a plus qu'à accorder. Est-ce ton avis ?

Lafont : Les places ne sont pas toujours à sa disposition.

Du Mesnil : Je sais qu'il le pourra prochainement.

Lafont : Dis-moi. Il est clair qu'on t'a promis une recette à Paris ?

Du Mesnil : À Paris, bien entendu. Ma femme ne pourrait pas vivre en province.

Clotilde, pendant cet aparté, est venue s'asseoir près de la table ; elle a retiré la lettre de dessous le buvard et a profité de ce que son mari lui tournait le dos pour la montrer à Lafont, à plusieurs reprises, avec un geste qui signifie : la voilà. Ce jeu de scène doit être calculé de telle manière que les derniers mots de Du Mesnil : « Ma femme ne pourrait pas vivre en province », tombent dessus.

Clotilde : *(après s'être levée)* Adolphe, lis cette lettre.

Du Mesnil : *(se retournant)* Qu'est-ce qu'elle dit, cette lettre ?

Clotilde : Ouvre-la et tu le verras. *(Lui donnant la lettre.)* C'est Pauline qui m'écrit.

Du Mesnil : *(lisant)* « Ma chérie, tu vas recevoir, si ce n'est déjà fait, une invitation de madame Simpson pour son grand bal du 25. Ton amour-propre était en bonnes mains et n'a pas eu à souffrir. J'ai prononcé ton nom, on l'a saisi au vol, en me disant qu'on te connaissait bien, que tu étais une fort jolie personne et qu'on serait charmée de t'avoir à ses soirées. Te voilà de la maison. – Je suis bien sûre que mon amie te plaira et que vous vous entendrez très bien ensemble. Ah ! dame ! elle n'est plus de la première jeunesse. Tu me diras l'âge que tu lui donnes et je te dirai celui qu'elle a. Ça n'empêche pas qu'au bal, décolletée, avec tous ses diamants, l'ex-belle madame Simpson ne fasse encore illusion. Des bras ! Des yeux ! Une façon de sourire que je n'ai vue qu'à elle ! Et quelle indulgence ! Elle ne se choque de rien ; elle comprend toutes les faiblesses ; il n'est pas de légèreté, si grande qu'elle soit, qui ne lui paraisse ou intéressante ou excusable. C'est une véritable grande dame. » *(Du Mesnil, mécontent et choqué, tourne les yeux vers Lafont. Celui-ci, plus affecté encore, attendait ce regard ; ils échangent leur fâcheuse impression en hochant plusieurs fois la tête. Revenant sur la lettre.)* « Et quelle indulgence ! » *(Il regarde Lafont, même jeu de scène.)* « Elle ne se choque de rien ! » *(Même jeu.)* « Elle comprend toutes les faiblesses ! » *(Même jeu.)* « Il n'est pas de légèreté, si grande qu'elle soit »… *(Allant à Clotilde qui se trouve placée entre les deux hommes ; à sa droite.)* Je n'aime pas beaucoup la lettre de Pauline.

Lafont : *(à sa gauche)* Votre amie, madame, est bien inconséquente.

Du Mesnil : Tu vois, hein, tu vois. Je la connais, cette madame Simpson ; il court de drôles d'histoires sur son compte.

Lafont : Madame Simpson a une réputation déplorable.

Du Mesnil : Tu entends, hein, tu entends. Je ne veux pas te mener dans une maison compromettante.

Lafont : Votre place n'est pas là, je vous assure, au milieu de femmes déconsidérées.

Du Mesnil : Eh bien ? Ça doit te frapper de voir que Lafont et moi nous pensons exactement de la même manière.

Clotilde : C'est bien. Nous ferons ce que tu voudras. *(Regardant Lafont.)* Si nous n'allons pas chez madame Simpson, nous irons ailleurs, voilà tout. Mais à l'avenir, tu attendras, pour parler de certaines choses, que nous soyons seuls. Je n'ai pas l'habitude de consulter des étrangers.

Elle les quitte brusquement.

Clotilde (Barbara Schulz), Lafont (Jérôme Kircher) et Du Mesnil (Didier Brice)

DU MESNIL : Qu'est-ce que tu dis ? Lafont ! Un étranger ! *(À Lafont.)* Il y a donc de la brouille avec Clotilde ?

LAFONT : C'est toi, depuis que tu es ici, qui l'irrites bien inutilement.

DU MESNIL : *(allant à Clotilde)* Je m'en vais.

CLOTILDE : *(sèchement)* Bon voyage !

DU MESNIL : Qu'est-ce que tu fais aujourd'hui ?

CLOTILDE : Ce qui me plaira.

DU MESNIL : Où dînons-nous, ce soir ?

CLOTILDE : Je n'en sais rien.

DU MESNIL : Comme tu me réponds !

CLOTILDE : Je vais me gêner avec un homme querelleur et désobligeant.

DU MESNIL : Tu tiens donc bien à aller à ce bal ?

CLOTILDE : Il ne s'agit pas de ce bal. Je l'avais déjà oublié. Je n'ai plus vingt ans, je crois, pour me préoccuper d'un bal de plus ou de moins. Tu te plains ! Tu cries ! Tu frappes sur ta femme sans le plus petit égard pour elle ! Quelqu'un qui t'entendrait se ferait une bien triste idée et une bien fausse idée de notre intérieur.

DU MESNIL : Je plaisante, bébête, ne te fâche donc pas. Tu en trouveras beaucoup de maris comme moi. Je grogne pendant trois secondes, et, quand tu as décidé quelque chose, il faut toujours y arriver. Qui est-ce qui est le maître ici ? *(Elle sourit.)* Je pense beaucoup à cette recette, qui serait une grosse affaire pour nous et qui devrait te préoccuper davantage. Allons, Clotilde, bien raisonnablement, crois-tu que je réussisse ?

CLOTILDE : Nous verrons.

DU MESNIL : J'ai des titres, n'est-ce pas ?

CLOTILDE : Les titres ! Ça ne compte pas.

DU MESNIL : Je suis appuyé par des hommes compétents.

CLOTILDE : Ils n'ont pas d'influence.

DU MESNIL : Et ce grand patronage de l'Institut ne te paraît pas décisif ?

CLOTILDE : Tu ne veux pas que je m'en mêle, tu as peut-être tort.

DU MESNIL : Qu'est-ce que tu ferais ?

CLOTILDE : Mille choses qui ne coûtent rien à une femme et dont elle s'occupe en se promenant. Je mettrais toutes mes amies en campagne, Pauline d'abord. Elle t'estime tant, Pauline ! Elle voudrait bien que son mari te ressemblât ! Pauline, qui est très liée avec madame Simpson, l'aurait intéressée à notre ménage. Tu me fais rire quand tu ne veux pas aller chez madame Simpson. Elle se moque bien de nous. Elle reçoit tout ce qu'il y a de mieux à Paris. Elle a tous les jours deux ou trois ministres à sa table. Elle t'aurait fait dîner avec eux. Tu leur aurais exposé ta situation, tranquillement, d'égal à égal, en fumant de gros cigares, comme tu les aimes, et le jour où tes hommes compétents seraient venus te dire : Nous sommes bien fâchés, la place était promise ; tu leur aurais répondu : Je le sais bien, j'ai ma nomination dans ma poche. Voilà comme je comprends les affaires !

Du Mesnil : Tu as peut-être raison. Écoute. Ne précipitons rien. Si je vois à un moment que les choses tournent mal et que mes relations ne suffisent pas, nous essayerons alors d'utiliser les tiennes.

Clotilde : Quand tu voudras… *(Bas.)* Tu sais que c'est ma devise avec toi.

Ils rient.

Du Mesnil : Je vais voir mon oncle. Est-ce que j'emmène Lafont ou bien le gardes-tu ?

Clotilde : Je le garde. Il m'impatiente, mais il m'amuse. Son nez me fait toujours rire.

Ils rient.

Du Mesnil : Tu le traites mal, ce pauvre Lafont, qui est aimable et obligeant.

Clotilde : *(à l'oreille de son mari)* Je ne voudrais pas qu'un homme m'embrassât avec un nez pareil.

Ils rient.

Du Mesnil : *(allant à Lafont)* Allons, au revoir. Ne m'accompagne pas, va, si je suis aussi désagréable que le dit ma femme. Tu ne sais pas ce que c'est, toi, qu'une femme et des enfants. On les aime beaucoup, on ne pense qu'à eux, on se trouverait tout bête s'ils vous manquaient, et ça n'empêche pas par moments de les envoyer à tous les diables.

Il sort.

Scène 3

Clotilde, Lafont, Adèle

Clotilde : Voyez un peu que de prudence il faut avoir ; mon mari serait entré une minute plus tôt, j'étais perdue.

Un temps.

Lafont : Vous vous êtes moquée de moi.

Clotilde : Comment cela ?

Lafont : Avec cette lettre ! *(Elle rit.)* Il eût été si simple de me la montrer tout de suite.

Clotilde : Je pensais qu'elle ne vous ferait pas plaisir, je ne me suis pas trompée. Et puis c'était un piège que je vous tendais. Je voulais savoir si vous vous arrêteriez à temps.

Lafont : Pour une autre fois.

Clotilde : Pour une autre fois précisément. Êtes-vous bête, mon ami, et malchanceux dans vos suppositions. Tenez, je veux bien faire quelque chose pour vous, quoique vous ne le méritiez guère. Mon mari ouvre toutes mes lettres, toutes, sans exception, je l'ai préféré ainsi, vous voilà tranquille de ce côté. Asseyez-vous et causons un peu, je vous en prie. Causons sans nous fâcher, n'est-ce pas ? Mon mari d'une part, vous de l'autre, c'est peut-être beaucoup dans le même jour. Voulez-vous me dire quelle mouche vous pique et ce que signifie cette jalousie, qui pourrait devenir inquiétante ? Ça vous a pris tout d'un coup, sans crier gare…, aux environs du 15 janvier. *(Il la regarde, elle sourit.)* J'ai une raison pour me rappeler cette date.

Lafont : Quelle raison ?

Clotilde : J'en ai une, ça suffit. Vous n'allez pas maintenant vous arrêter sur chaque mot. Allons, parlez un peu, je vous écoute.

Lafont : *(après avoir hésité)* D'où venez-vous ?

Clotilde : *(riant)* C'est vrai, je vous demande pardon, mon ami. J'oubliais que vous m'aviez fait cette question plusieurs fois et que je n'y avais pas encore répondu. J'avais un rendez-vous, ne vous emportez pas, avec ma modiste, où l'on ne rencontre que fort peu de messieurs, je vous assure. Vous me permettez bien d'aller de temps en temps chez ma modiste. Maintenant faites ce que je désire et répondez-moi. Que je sache quels sont mes torts envers vous, j'aurai toujours bien de la peine à m'en trouver.

Lafont : Je ne vous vois plus.

Clotilde : Bah ! Et que faites-vous donc en ce moment ? Est-ce que je ne suis pas là ? Tant pis pour vous, si vous perdez en discussions et en querelles un temps que nous pourrions employer plus agréablement.

Lafont : Je vous ai attendue toute cette semaine…, la semaine dernière aussi…, la semaine précédente encore…

Clotilde : Taratata. Pourquoi pas depuis un an ? Et quand cela serait, quand je vous aurais manqué de parole, non pas une fois, mais cent fois, la belle raison pour supposer tout de suite des horreurs. Est-ce que je dispose toujours de moi comme je le voudrais ? Est-ce que je ne dépends pas de tout le monde ici ? *(Lui touchant le bras.)* Je suis mariée, vous n'avez pas l'air de le savoir… Il y a autre chose. Je veux que vous me disiez ce qu'il y a.

Lafont : Il me semble que notre liaison ne vous intéresse plus… que vous souhaitez du nouveau et que vous l'avez peut-être rencontré… que nous sommes à ce moment inévitable où commencent les mensonges, les mauvais tours… les petites infamies.

Clotilde : Je ne sais pas bien, mon ami, à quel moment toutes ces belles choses commencent ; vous êtes mieux renseigné que moi là-dessus. Je vous demande des faits, quelque chose de net, de précis et de positif, que je puisse anéantir d'un seul mot. Quant à ce qui se passe dans votre imagination, que voulez-vous que je vous réponde ? Elle ne me paraît pas bien folichonne, votre imagination, ni remplie de souvenirs couleur de rose.

Lafont : Cette date… du 15 janvier… qui vous est restée si précise…

Clotilde : *(plus attentive)* Eh bien ? Cette date ?

Lafont : Elle m'a frappé aussi.

Clotilde : Convenez que non, qu'elle ne vous a pas frappé du tout. Je m'en veux de vous avoir troublé avec cette date, qui signifie quelque chose pour moi et qui pour vous ne veut rien dire.

Lafont : J'ai fait bien des remarques depuis.

Clotilde : Lesquelles ?

Lafont : Bien des observations.

Clotilde : Quelles observations ?

Lafont : Oh ! Ce n'est rien, ce sont des nuances. Mais les nuances… Il ne faut pas jouer avec les nuances !

Clotilde : Voyons-les un peu, ces nuances.

Lafont : Vous avez bien changé, ma chère Clotilde, sans vous en rendre compte. Vous me raillez d'abord, c'est désobligeant. Je vous trouve distraite fort souvent et fort souvent aussi embarrassée. Je vois que vous me cachez ce que vous faites, je tremble alors de vous interroger. Il vous arrive quelquefois de vous contredire…

Clotilde : Ça m'étonne.

Lafont : Vous me parlez de gens d'un tout autre monde que le vôtre et que vous savez par cœur du jour au lendemain ; comment ? C'est vous maintenant qui me racontez les scandales ; j'avais eu ce plaisir jusqu'ici de vous les apprendre. Vos opinions politiques ne sont plus les mêmes !

Clotilde : Quel grand enfant vous êtes ! Et moi je suis là, qui vous écoute sérieusement. Mes opinions politiques ! Vous voulez dire que je suis réactionnaire ! Je n'ai pas varié. Oh ! pour ça, oui, vous avez raison, je suis une bonne réactionnaire. J'aime l'ordre, la tranquillité, les principes bien établis. Je veux que les églises soient ouvertes, s'il me prend l'envie d'y faire un tour. Je veux que les magasins aussi soient ouverts et pleins de jolies choses, que j'aie le plaisir de voir si je n'ai pas celui de les acheter. Mais en admettant que mes opinions politiques se fussent modifiées, il me semble que vous auriez moins que personne à vous en plaindre. Vous ne faites pas fi du monde nouveau. Vous êtes démocrate, c'est une mode aujourd'hui qui n'engage à rien, on l'est dans tous les partis. Vous êtes un libre penseur ! Je crois que vous vous entendriez très bien avec une maîtresse qui n'aurait pas de religion, quelle horreur !… Qu'est-ce que vient de vous dire mon mari, je vous prie ?

Lafont : Il m'a parlé d'une position qu'il désire obtenir et qu'on va peut-être lui donner.

Clotilde : Ça ne vous a pas intéressé ?

Lafont : Beaucoup.

Clotilde : Vous me dites beaucoup comme vous me diriez pas du tout. Comment le trouvez-vous, mon mari ?

Lafont : Bien.

Clotilde : Il ne vous paraît pas soucieux et fatigué ?

Lafont : Non.

Clotilde : Passons. Je ne sais pas pourquoi je vous parle d'Adolphe, pour l'affection que vous lui portez. Ça ne fait rien. Voilà où je voulais en venir. Ainsi, vous savez que mon mari attend une position ; il l'attend du gouvernement, cela va sans dire. Quel que soit le gouvernement, lorsqu'on désire une position, c'est bien à lui qu'il faut s'adresser. Et vous croyez que j'irais critiquer le gouvernement au moment même où il s'occupe de nous ? Un homme ferait ça. C'est toujours si bavard, un homme, si maladroit et si ingrat ! Les femmes, jamais !… Voulez-vous que je vous dise, mon ami ? Vous avez obéi à un fort vilain calcul. Vous avez cru peut-être qu'en allant de l'avant vous découvririez quelque chose, mais vous ne savez rien et vous ne saurez rien… parce qu'il n'y a rien à savoir. C'est une leçon qui ne sera pas perdue pour moi. En attendant, écoutez bien ceci : il faut que vous soyez sage, patient, confiant, que vous vous contentiez de ce qu'on vous donne, sans exiger l'impossible. Vous devez vous dire que je ne suis pas libre, que j'ai une maison à conduire et des relations à conserver ; la bagatelle ne vient qu'après. Songez aussi que la plus petite incartade de votre part peut me compromettre et, si mon mari apprenait quelque chose, me précipiter je ne sais où. Je ne veux pas, vous m'entendez bien, je ne veux pas vous retrouver une seconde fois comme aujourd'hui, planté devant ma porte, gesticulant et prêt à tout avaler, quand je reviens bien tranquillement de chez ma couturière. *(Lafont, qui a écouté tout ce discours tête baissée, la relève tout d'un coup.)* Eh bien ? Qu'est-ce qui vous prend maintenant ?

Lafont : D'où venez-vous ?

Clotilde : Je viens de vous le dire.

Lafont : Est-ce chez votre modiste ou chez votre couturière que vous êtes allée ?

Clotilde : Pourquoi ?

Lafont : Répondez. Est-ce chez votre modiste ou chez votre couturière que vous êtes allée ?

Clotilde : J'ai été chez les deux, là, êtes-vous satisfait ?… Maintenant il faut vous lever et vous en aller.

Lafont : Non.

Clotilde : Si.

Lafont : Plus tard.

Clotilde : Tout de suite.

Lafont : Quelle affaire vous presse ?

Clotilde : Aucune. Rien ne me presse.

Lafont : Gardez-moi alors.

Clotilde : Ce n'est pas possible. Si mon mari revenait et qu'il vous trouvât encore ici, il pourrait se fâcher sérieusement. Allons, soyez raisonnable et dites-moi adieu. Vous parlerez moins une autre fois.

Lafont : Clotilde ?

Clotilde : Qu'est-ce qu'il y a encore ?

Lafont : Je rentre chez moi.

Clotilde : Rentrez chez vous, mon ami, je ne vous en empêche pas.

Lafont : Vous savez l'heure ?

Clotilde : À peu près.

Lafont : La journée n'est pas encore finie.

Clotilde : Elle ne commence pas non plus.

Lafont : Vous n'avez que votre chapeau à mettre, ce n'est pas grand-chose.

Clotilde : Je vous voyais venir. J'aurais été bien surprise si toutes vos histoires avaient fini autrement.

Lafont : Mettez votre chapeau, voulez-vous ?

Clotilde : Soit. C'est la seule bonne idée que vous ayez eue, il est bien juste que j'en profite. Allez-vous-en.

Lafont : Vous me suivez ?

Clotilde : Je vous suis.

Lafont : Dans un instant ?

Clotilde : Dans un instant. Mais partez donc.

Lafont : À tout à l'heure ?

Clotilde : À tout à l'heure.

Il sort. Clotilde va sonner.

Adèle : *(entrant)* Madame m'a sonnée ?

Clotilde : Adèle, donnez-moi ma robe de chambre et mes pantoufles, je ne ressortirai pas.

Acte II

Même décor.

Scène 1

Clotilde, Adèle

Clotilde : *(elle est habillée, prête à sortir, et jette un dernier coup d'œil sur sa toilette)* Je suis bien, Adèle ?
Adèle : Oui, madame.
Clotilde : Très bien ?
Adèle : Très bien, madame.
Clotilde : Dites-moi l'heure.
Adèle : Trois heures bientôt, madame.
Clotilde : J'ai tout ce qu'il me faut sur cette table ?
Adèle : Tout ce que Madame prend d'habitude. Ses clefs, son carnet, sa boîte de poudre de riz.
Clotilde : Donnez-les-moi.
Adèle : *(d'un air entendu)* Madame ne reviendra pas aujourd'hui.
Clotilde : C'est possible.
Adèle : *(même ton)* C'est probable.
Clotilde : Pourquoi ?
Adèle : Je crois que monsieur a son dîner d'économistes ; il ne le manquerait pas pour un empire.
Clotilde : Eh bien ?
Adèle : J'ai remarqué que Madame passait ce jour-là chez une amie de pension, que le mari de Madame ne voit jamais.

Adèle (Candice Crosmary) et Clotilde (Barbara Schulz)

Clotilde : Vous écoutez donc ce que l'on dit ?

Adèle : Je n'écoute pas, non, madame… Je saisis seulement quelques mots au passage… J'avais prévenu Madame que mon frère…

Clotilde : Je le connais, votre frère ! Vous désirez sortir, c'est bien, sortez.

Adèle : Merci, madame. *(Clotilde se dirige vers la porte du fond.)* Madame ne voit plus rien à me commander ?

Clotilde : Non. Que la cuisinière ne s'éloigne pas et que monsieur l'ait à sa disposition, quand il rentrera s'habiller.

Adèle : Oui, madame. Madame ne veut pas que j'aille lui chercher une voiture ?

Clotilde : C'est inutile. J'en trouverai une sur mon chemin.

Adèle : *(suivant Clotilde)* Au revoir, madame… Bon plaisir. *(Arrivées à la porte du fond, un coup de timbre les arrête brusquement ; pause.)* On a sonné, madame.

Clotilde : J'ai bien entendu. *(Revenant en scène.)* Trois heures ! Il ne m'a pas vue depuis fort longtemps ! Il sait que c'est aujourd'hui le dîner des économistes ! Je devais m'attendre à quelque bourrasque de sa part !

Un deuxième coup de timbre.

Adèle : Qu'est-ce que Madame décide ?

Clotilde : Allez ouvrir, Adèle, je n'y suis pour personne.

Adèle : Si c'était monsieur Lafont, madame.

Clotilde : Je vous ai dit pour personne. Je ne reçois pas monsieur Lafont plutôt qu'un autre.

Adèle : Bien, madame.

Clotilde : Laissez vos portes ouvertes que j'entende ce qu'on vous dira. S'il s'agissait d'une affaire pour mon mari, vous feriez asseoir et je viendrais.

Adèle : C'est compris, madame. *(Un troisième coup de timbre.)* En voilà de l'impatience et bien inutile !

Elle sort.

Scène 2

Clotilde

Clotilde : J'ai eu tort de ne pas me presser. Je serais partie à l'heure qu'il est et l'on ne m'aurait pas ennuyée. *(Allant à la porte du fond, qu'elle tient entrouverte.)* C'est bien lui. Il ne pouvait pas manquer une si bonne occasion… Parle, mon ami, parle… Questionne la domestique…

Je crois qu'il demande à Adèle où je suis… Il insiste… Comment ? Adèle le laisse entrer ! *(Revenant en scène, pas à pas.)* Il vient, ma foi, il vient. Est-ce qu'il va se reposer ici ? Ah ! les hommes ! Quand nous ne les aimons plus, voilà comme ils se conduisent avec nous !

Elle entre vivement à droite.

Scène 3

Lafont, Adèle, Clotilde, *derrière la porte*

Lafont : *(entrant)* C'est bien, mademoiselle, c'est bien.

Adèle : Pourquoi Monsieur ne m'écoute-t-il pas ? Monsieur voit bien qu'il n'y a personne.

Lafont : Je vais attendre.

Adèle : Attendre quoi ? Monsieur et madame viennent de sortir.

Lafont : *(après avoir hésité)* Ensemble ?

Adèle : Non, monsieur, pas ensemble. Monsieur est parti de son côté et madame du sien.

Lafont : Monsieur a-t-il dit l'heure où il serait chez lui ?

Adèle : Je sais seulement que madame ne rentrera pas. Elle dîne en ville.

Lafont : *(après avoir hésité)* Avec monsieur ?

Adèle : Sans monsieur. Monsieur dîne de son côté et madame du sien.

Lafont : Allez à vos affaires, mademoiselle. Je vois là de quoi écrire, je laisserai un petit mot.

Adèle : Comme Monsieur voudra. Ce n'est pas moi qui commande ici, je ne peux pas mettre Monsieur à la porte.

Elle sort.

Scène 4

Lafont, Clotilde, *derrière la porte*

Lafont : Je suis entré, je ne sais pas pourquoi je suis entré, c'est encore une sottise que j'ai faite… Il faut me calmer et prendre mon parti d'une séparation nécessaire… On ne peut pas, à Paris, conserver une maîtresse un peu convenable, ce n'est pas possible. Plus elle est convenable et moins on la conserve… J'aurai une explication avec Clotilde, une explication sanglante ! ce sera plus gentil de ma part, et je la quitterai définitivement. Je m'agite, je cours, je la cherche à

Lafont (Jérôme Kircher) et Clotilde (Barbara Schulz)

droite pendant qu'elle s'échappe à gauche, à quoi bon ? Qu'est-ce que j'apprendrais de plus ? Elle est la maîtresse de ce monsieur Mercier, c'est clair comme le jour. Depuis quand ? Quel avantage aurais-je à le savoir ? Pourquoi ? Ah ! Pourquoi ? Je serais bien embarrassé de dire pourquoi. Elle ne l'aime peut-être pas, c'est une consolation… Qu'est-ce que je vais faire ? Si Adolphe était là au moins, nous aurions fini la journée ensemble. C'est vrai. Quand le cœur me manque et que Clotilde m'a mis sens dessus dessous, c'est encore avec son mari que je me trouve le mieux. Je me sens moins seul. La position d'Adolphe me console un peu de la mienne ; elle est moins bonne ; certainement elle est moins bonne. Si Clotilde ne me doit rien après tout, elle a de bien grands torts envers son mari… Je suis bien fort pour juger sévèrement sa conduite, quand je me mets à la place de son mari… Quelle désolation ! Je me trouve tout d'un coup isolé, sans un lien, la mort dans l'âme, devant une situation des plus vulgaires et que je vais creuser indéfiniment ! Allons, les hommes ne sont guère heureux ; célibataire ou cocu, il y a bien peu de choix.

Clotilde : Tant pis, je me montre. Je saurai toujours ce qu'il me veut.

Scène 5

Lafont, Clotilde

Lafont : Comment ! Vous êtes chez vous ?

Clotilde : Eh bien ! Qu'est-ce qu'il y a d'étrange à ce que je sois chez moi ? L'étrange, c'est que vous vous y trouviez, vous, quand je condamne ma porte et qu'on vous le dit sur tous les tons. Voilà comme vous me remerciez de mon indulgence ! Vous ne savez plus qu'inventer pour me déplaire et je me laisse aller chaque fois à vous pardonner.

Lafont : C'est votre faute !

Clotilde : Oh ! ne recommençons pas, je vous en prie. Pas de scène aujourd'hui, pas de scène ! Je ne m'y prêterais pas d'ailleurs. Aviez-vous une raison au moins, un prétexte, quelque découverte bien terrible et que vous ne pouviez pas garder plus longtemps ?

Lafont : J'ai craint, je vous l'avoue, que vous ne fussiez souffrante.

Clotilde : C'est très gracieux de votre part. Vous m'avez vue, vous êtes rassuré *(Elle lui montre la porte en imitant le vol d'un oiseau avec la main.)*, envolez-vous !

Un temps.

Lafont : Vous sortez ?

Clotilde : Il me semble que je sors. Je n'ai pas l'habitude de me promener avec un chapeau dans mon appartement.

Lafont : Vous êtes pressée ?

Clotilde : Je suis en retard.

Lafont : Nous ne décidons rien.

Clotilde : Qu'est-ce que cela veut dire ?

Lafont : Je pensais que nous dînerions ensemble, si je suis toujours l'amie de pension.

Clotilde : Il n'y a plus d'amie de pension, ni pour vous ni pour personne. J'ai réfléchi que ces escapades dans les restaurants avaient toutes sortes d'inconvénients. Elles m'entraînent dans des mensonges qui me révoltent et que je ne veux pas continuer… Est-ce que je n'ai pas raison ?

Lafont : Ne me demandez pas ce que je pense.

Clotilde : Vous m'en voulez ?

Lafont : Je m'attends à tout maintenant.

Clotilde : C'est toujours le plus sage, on n'a pas de déceptions de cette manière.

Un temps.

Lafont : *(allant à elle)* Asseyez-vous de bonne grâce, et causons bien affectueusement.

Clotilde : Je n'ai pas le temps… de causer. Un autre jour, demain, si vous voulez.

Lafont : Demain je vous attendrai et il y aura quelque chose encore, au dernier moment, qui vous empêchera de venir.

Clotilde : Vous refusez demain ?… À votre aise. Ça me convient parfaitement. Je ne suis jamais pressée de me trouver avec des gens mécontents et désagréables.

Lafont : C'est l'amour qui me rend ainsi.

Clotilde : *(du bout des lèvres)* Il est embêtant, l'amour !

Lafont : Plaignez-vous, je vous le conseille, plaignez-vous. On voit bien que vous n'êtes pas à ma place. Je me désespère et je me morfonds de mon côté, pendant que vous galopez du vôtre.

Clotilde : Je galope ! Qu'est-ce que c'est que cette expression ? Admettons, ce qui est possible, que je me sois un peu refroidie avec vous ; croyez-vous qu'on ramène une femme en agissant comme vous le faites, en la harcelant perpétuellement ? C'est tout le contraire qui arrive ; on la fatigue, on l'impatiente, et on lui donne des idées dont elle était à mille lieues. *(Se rapprochant de lui avec des apparences de tendresse qui le trompent.)* Allez faire un petit voyage. *(Mouvement de Lafont.)* Oui, faites un petit voyage. Absentez-vous… six mois, ce n'est pas le diable. Une séparation en ce moment vous conviendrait fort bien, et vous n'en seriez que plus agréable à votre retour. Ne craignez rien de mon côté. Je ne suis pas une femme qui oublie facilement. Vous me retrouverez exactement la même. Voulez-vous ? Non, vous ne voulez pas. Vous ne pourriez pas vous absenter six mois, lorsque votre maîtresse vous le demande et qu'elle verrait là, de votre part, une véritable marque d'attachement.

Un temps.

Lafont : Où allez-vous ?

Clotilde : C'est tout ce que vous trouvez à me répondre ?

Lafont : Où allez-vous ?

Clotilde : J'étais si sûre que vous me feriez cette question, je l'attends depuis que vous êtes là.

Lafont : Elle vous gêne ?

Clotilde : Nullement. Vous serez bien avancé, n'est-ce pas, quand vous saurez où je vais ? Et qu'est-ce qui m'empêcherait de vous dire : Je vais là, et d'aller ailleurs.

Lafont : Je vous suivrai.

Clotilde : Suivez-moi, je vous y engage ; ça vous a si bien réussi jusqu'ici. Prenez garde. Je suis très faible pour vous, très faible. Je tiens compte de tout, de l'état où je vous vois et des moments que nous avons passés ensemble ; mais ne vous croyez pas le droit d'en abuser. *(En accentuant.)* Je fais ce qui me plaît, et ça ne regarde personne que mon mari.

Lafont : Vous me trompez !

Clotilde : Moi !… Avec qui ?… Qui ?… qui ?… qui ?… qui ?… Apprenez que des soupçons ne suffisent pas, et que pour accuser une femme, il faut avoir la preuve entre les mains. Quand cette preuve existe, quand la femme est véritablement coupable, un galant homme sait ce qu'il lui reste à faire, il la quitte… ou il se tait.

Lafont : Clotilde !

Clotilde : Qui ?… Dites donc un nom, si vous savez seulement lequel ! Je serais bien aise de le connaître, ce don Juan, que je fatigue peut-être de mes poursuites et qui ne se doute guère de son bonheur !… Vous me forcez à vous dire ce que j'aurais toujours voulu vous cacher.

Clotilde (Barbara Schulz) et Lafont (Jérôme Kircher)

J'ai fait une grande faute ! J'avais un mari, des enfants, un intérieur adorable, j'ai voulu plus, j'ai voulu tout. J'ai rêvé comme toutes les femmes d'une existence unique, où mes devoirs seraient remplis sans que mon cœur fût sacrifié ; la terre et le ciel ! Vous vous êtes chargé de me démontrer l'impossible. Je ne sais pas ce qui se serait passé avec un autre, il ne pouvait rien m'arriver de pire. C'est fait, c'est fait, je ne vous en veux pas ; mais ç'a été la première et la dernière fois.

Elle tire son mouchoir et le porte à ses yeux avec une légère oppression.

LAFONT : Vous souffrez ?

CLOTILDE : *(gagnant un siège)* Ce n'est rien, ça passe.

LAFONT : J'ai eu tort.

CLOTILDE : *(profondément)* Très tort.

LAFONT : Je pars.

CLOTILDE : C'est ce que vous avez de mieux à faire.

Il s'éloigne et revient.

LAFONT : Oubliez un mot de trop qui ne signifie rien. Je ne le crois pas, que vous me trompiez. Vous êtes trop bonne et trop sincère ; vous appréciez au fond la tendresse que j'ai pour vous. Je croyais que vous m'attendiez et que notre petite fête ordinaire tenait toujours ; la colère m'a pris quand vous m'avez dit que non. Où allez-vous ? Faire des visites, retrouver une de vos amies. Est-ce un bien grand plaisir, ou une nécessité absolue ? Dégagez-vous, s'il le faut. Écrivez que votre mari est malade et que vous restez près de lui, c'est bien simple. Faites ce que je vous demande. Rendez-moi cette journée qui m'appartient depuis bien longtemps et que vous m'aviez réservée jusqu'ici.

CLOTILDE : Je le voudrais que je ne le pourrais pas.

LAFONT : Pourquoi ?

CLOTILDE : On vient me chercher en voiture et l'on me mène au Bois.

LAFONT : Vous alliez sortir.

CLOTILDE : C'est une erreur. J'attendais.

LAFONT : Madame Simpson ?

CLOTILDE : Madame Simpson justement… Je dîne chez elle. *(Se relevant.)* Quel drôle d'homme vous êtes ! Vous prenez tout de travers, même ce qui devrait vous rassurer.

LAFONT : Madame Simpson !

CLOTILDE : C'est vrai. J'oubliais que madame Simpson n'est pas de vos amies et que vous avez voulu m'interdire sa maison. Une maison charmante, montée supérieurement et irréprochable ! Il y a peut-être des amourettes, je ne dis pas, c'est comme partout.

Lafont : Madame Simpson, vous le savez bien, a la plus mauvaise réputation.

Clotilde : Tant pis pour ceux qui la lui ont faite ! Quand un homme a vu à une femme un bout de sa chemise, cette femme est sacrée pour lui, sacrée ! retenez ce principe et qu'il vous serve à l'occasion… Je suis épouvantée, je vous l'avoue. Je me demande où nous allons et ce que vous me préparez encore. L'offense la plus grave que puisse entendre une femme, vous venez de me la faire aujourd'hui. Après ? Qu'est-ce qui vous reste maintenant ? Je ne vois plus que les violences ! J'espère que vous serez maître de vous et que vous vous arrêterez aux violences ! Réfléchissez, mon ami ; il vaudrait mieux nous séparer tout de suite, si vous deviez en venir aux violences ! Allons, je vous renvoie cette fois très sérieusement. Vous voilà tranquille, n'est-ce pas ? Quelque horreur que vous ayez pour madame Simpson, vous préférez encore me savoir avec elle. Nous reprendrons cette idée de voyage et je vous y amènerai, je l'espère, la première fois que je vous verrai.

Lafont : *(piteusement)* Demain ?

Clotilde : Ah ! demain. C'est donc changé maintenant ? Vous voulez bien m'attendre demain ? Soit ! Je n'ai qu'une parole. Mais veillez bien sur vous. Vous êtes assez calme en ce moment et bien convaincu, n'allez pas changer de l'autre côté de la porte. Vous avez l'escalier malheureux, je vous en avertis. Si d'ici à demain vous me faites un tour, si je vous rencontre… au Bois ou ailleurs, si j'aperçois le bout de votre joli nez quelque part, vous ne me revoyez de votre vie.

Lafont : À demain ?

Clotilde : À demain.

Il sort vivement.

Scène 6

Clotilde

Clotilde : Allons, il n'y a rien à dire. Il a été raisonnable. Quand il se fâche, c'est plaisant, mais j'ai toujours peur de le voir pleurer. *(Allant à la fenêtre.)* Assurons-nous, avant de descendre, que je ne l'aurai pas derrière moi. Il s'en va, tristement, la tête basse. Pauvre garçon ! Oh !

certainement, je lui ferai une petite visite demain. Qu'est-ce qui lui prend ? Il s'arrête. Il revient sur ses pas. Il entre dans la maison en face. Ah ! le monstre ! Il va me guetter et me tenir là jusqu'à ce qu'il tombe de fatigue. Je vais lui montrer que je l'ai vu, c'est le seul moyen de le faire partir.

Du Mesnil entre par le fond ; son attitude est celle d'un homme mécontent et découragé ; il jette son chapeau sur un meuble et vient s'asseoir près de la table qu'il remue avec colère.

Scène 7

Clotilde, Du Mesnil

Clotilde : *(se retournant et apercevant son mari)* À l'autre maintenant ! *(Le regardant mieux.)* Adolphe ? Adolphe ? Qu'est-ce que tu fais là ? *(Allant à lui.)* Adolphe ? Réponds-moi donc !

Du Mesnil : *(durement)* Laisse-moi un peu, je te prie.

Clotilde : Qu'est-ce qui t'arrive ? En voilà une mine pour rentrer chez soi ! Je ne te connaissais pas encore la pareille !

Du Mesnil : Ne m'irrite pas davantage. Je ne suis pas en train de rire et d'écouter tes gamineries.

Un temps.

Clotilde : *(inquiète, changeant de ton)* Qu'est-ce qu'il y a ?

Du Mesnil : Tu le sauras, ce qu'il y a, tu le sauras toujours trop tôt.

Clotilde : C'est donc sérieux ?

Du Mesnil : Très sérieux.

Clotilde : Tu es fâché ?

Du Mesnil : On le serait à moins.

Clotilde : Tu es fâché… contre moi.

Du Mesnil : Il ne s'agit pas de toi. Tu allais sortir, sors. Sors ! *(Elle fait un pas vers la porte.)* Où vas-tu d'abord ?

Clotilde : *(revenant)* Au Louvre.

Du Mesnil : Va au Louvre, va. Achète des chiffons, le moment est bien choisi.

Clotilde : Tu m'ennuies à la fin. Je ne bougerai pas avant que tu aies parlé. *(Elle enlève son chapeau brusquement.)* Je ne sors pas quand mon mari a de la peine et que je ne sais pas ce que c'est que cette peine. *(S'asseyant.)* S'il attend pour me la dire, c'est bien, j'attendrai aussi pour la connaître.

DU MESNIL : *(se levant et allant à elle)* Tu es bien gentille.

CLOTILDE : Parle donc, bêta.

DU MESNIL : Nous sommes flambés !

CLOTILDE : À quel propos ?

DU MESNIL : À quel propos ? Pour la recette.

CLOTILDE : *(se relevant)* C'est ça ! Comment, toi, un homme, tu te mets dans un état pareil et tu me révolutionnes par contrecoup pour une affaire qui n'a pas marché ! Elle n'a pas marché, voilà tout. C'est toujours ainsi les affaires. L'une manque, l'autre réussit, on profite de la bonne et l'on oublie la mauvaise. Tu croyais peut-être que j'allais me plaindre, et te faire des reproches, jamais, mon cher ami, jamais. Allons, remets-toi, et ne garde pas cette figure désolée. Qu'est-ce que tu deviendrais donc pour un malheur véritable ? Si tu me perdais, par exemple !... Qui est-ce qui avait raison de nous deux ? Hein, ton oncle, le joli protecteur que nous avons là ! Il ne trouve rien de bien, ni ta situation, ni tes écrits, ni ta femme, et finalement, quand il s'occupe de quelque chose, on peut être certain que ce sera un four. Je me demande comment il a pu entrer à l'Institut ? S'il n'était pas garçon, ça me ferait bien rire... Explique-moi un peu ce qui s'est passé. Tu m'as tout dit et je ne sais rien.

DU MESNIL : Je ne sais rien non plus.

CLOTILDE : C'est fini, n'est-ce pas, tout à fait fini ?

DU MESNIL : À peu près.

CLOTILDE : À peu près seulement ? Qu'est-ce que ça signifie : à peu près ? La recette est-elle donnée, oui ou non ?

DU MESNIL : Elle n'est pas encore donnée.

CLOTILDE : Il n'y a rien de fait alors ?

DU MESNIL : La recette va être donnée et l'on m'a fait comprendre qu'elle ne serait pas pour moi.

CLOTILDE : C'est bien. Voilà un renseignement. Et qui choisit-on à ta place ?

DU MESNIL : *(après avoir levé les bras en l'air)* Un homme... très ordinaire !

CLOTILDE : Je m'en doute bien. Marié ?

DU MESNIL : Quel intérêt ça a-t-il ?

CLOTILDE : Réponds toujours.

DU MESNIL : Marié, oui.

CLOTILDE : Sa femme est jeune ?

DU MESNIL : De ton âge.

CLOTILDE : Jolie ?

Du Mesnil : Agréable.

Clotilde : *(plus bas)* Légère ?

Du Mesnil : On le dit.

Clotilde : Ah ! la mâtine !

Du Mesnil : Je te comprends.

Clotilde : Il est temps.

Du Mesnil : Tu te trompes. Ces choses-là ne se font jamais aux Finances.

Clotilde : En somme, personne n'est encore nommé, ni toi ni un autre, et tu t'es désespéré trop tôt, ce qui est ton habitude.

Du Mesnil : Soit ! Je le veux bien ! Que faire ?

Clotilde : *(après avoir réfléchi)* Ôte-toi de là.

Elle passe brusquement devant lui, s'assied à la table et se met à écrire.

Du Mesnil : Dis-moi un peu…

Clotilde : Ne me trouble pas.

Du Mesnil : Entendons-nous d'abord.

Clotilde : C'est inutile… J'écris à Lolotte et je lui demande un rendez-vous ; elle comprendra qu'il s'agit d'affaires sérieuses.

Du Mesnil : Lolotte ! Qu'est-ce que c'est que ça, Lolotte ?

Clotilde : Lolotte, c'est madame Simpson. Nous l'appelons Lolotte dans l'intimité, depuis qu'elle a joué le rôle de Chaumont ; ça lui fait plaisir.

Du Mesnil : C'est bien. Écris à Lolotte. Tu diras ce que tu voudras. Si Lolotte réussit là où un membre de l'Institut a échoué, j'en serai charmé pour ma part, mais je plaindrai la France.

Clotilde : Laisse donc la France tranquille. Elle ne s'occupe pas de toi, ne t'occupe pas d'elle. *(Se relevant.)* As-tu quelque chose à faire en ce moment ?

Du Mesnil : Mon intention est de rester chez moi et de m'y enfermer pendant huit jours.

Clotilde : Je ne le veux pas. Je n'ai pas envie que tu te rendes malade pour une affaire qui peut encore très bien tourner. Tu vas prendre cette lettre et la porter chez madame Simpson, ça te promènera. De là, tu iras voir ton oncle.

Du Mesnil : Pourquoi ? Un homme qui n'est bon à rien, tu le dis toi-même. Je vais lui écrire, à mon oncle, que j'ai assez de ses conseils et qu'il dispose de son influence.

Clotilde : Je ne le veux pas. On sait que ton oncle s'est occupé d'une position pour nous, qui que ce soit qui nous l'obtienne, ce sera toujours à lui que nous la devrons, tu me comprends. Tu ne tiens pas à ce qu'on dise que madame Simpson te protège et que nous enlevons des faveurs grâce à elle ou à son entourage.

Du Mesnil : C'est très juste. Je vais porter ta lettre et j'irai voir mon oncle. Mais les économistes se passeront de moi cette fois.

Clotilde : Je ne le veux pas. Pourquoi changer quelque chose à nos habitudes ? Ce n'est pas une corvée pour toi, ce dîner. Tu en reviens généralement fort tard, la tête assez en l'air, et avec des histoires qui me donnent un aperçu de votre conversation. Vous êtes entre hommes, vous dites des bêtises, vous avez raison. Ne te prive donc pas d'un plaisir, on n'en a pas tant en ce monde. Tu iras retrouver ces messieurs, dont le genre t'amuse, et moi ma petite amie qui serait désolée de ne pas me voir.

Du Mesnil : C'est bien. Je n'insiste pas. Mais aujourd'hui où je suis de très mauvaise humeur, j'aurais préféré rester avec toi.

Clotilde : Je te remercie. Ne le regrette pas, va. Ça se retrouvera.

Du Mesnil : Allons, au revoir, je vais porter ta lettre.

Clotilde : C'est cela. *(Il se dirige vers le fond piteusement.)* Tenons-nous droit, n'est-ce pas, et un peu de gaieté, si c'est possible. Ne mettons pas les autres dans la confidence de nos ennuis, ça ne sert à rien.

Du Mesnil : *(revenant)* Qu'est-ce que je dois dire à mon oncle ?

Clotilde : Ce que tu voudras.

Du Mesnil : Alors, c'est bien convenu, tu m'envoies à ce dîner. Tu m'y envoies dans des dispositions atroces.

Clotilde : Elles passeront… quand tu seras à table.

Du Mesnil : Je vais m'en flanquer jusque-là.

Il sort.

Scène 8

Clotilde

Clotilde : Bovary ! Parlez donc de sagesse et de retenue à une femme. Qu'elle reste dans sa maison et sa maison prospérera, je t'en moque. Qu'est-ce qu'il aurait fait, mon mari, s'il ne m'avait pas eue ? Sans compter que les honnêtes gens ont de la chance et que l'on est bien disposé pour eux ! Toujours, toujours, lorsqu'il y a quelque chose à donner, une place, une croix, une faveur, grande ou petite, et que deux candidats sont en présence, d'un côté, un brave homme, pas bien fort, mais modeste et méritant, et de l'autre, quelque farceur qui n'a pour lui que son savoir-faire ; toujours, c'est le farceur qui l'emporte et le bon monsieur qui est blackboulé ! Je finirai peut-être par sortir aujourd'hui. J'espère que monsieur Lafont se sera fatigué de m'attendre. Il ne se plaindra pas cette fois si je le distance pendant quelque temps. Filons ! *(Elle se dirige à grands pas vers le fond ; la porte s'ouvre lentement et timidement ; Lafont paraît avec hésitation.)* Ah ! C'est trop fort !

Elle revient précipitamment en scène, furieuse, avec une colère concentrée et comme une femme résolue à ne pas desserrer les dents.

Scène 9

Lafont, Clotilde

Lafont : Vous m'en voulez d'être revenu ?... Voici ce qui s'est passé. Je m'en allais, je vous le jure. Je ne voulais plus penser à vous jusqu'à demain. J'aperçois votre mari qui rentrait, que devais-je faire ?... J'aurais été très heureux de lui serrer la main, mais vous préfériez peut-être qu'il ignorât ma visite, il était plus prudent alors de ne pas me montrer... Vous me dites toujours que je ne tiens compte de rien, quand je passe ma vie avec Adolphe à sauver les difficultés... Je me suis retourné vivement pendant que votre mari ne me voyait pas et je suis entré sous une porte cochère pour le laisser passer. Il est bien rentré, n'est-ce pas ? Vous avez dû le voir ? Je n'invente rien ? Après, c'est vrai, j'ai été faible, il ne fallait pas rester là. Je me suis dit : Clotilde attend depuis longtemps madame Simpson qui n'a pas l'air de venir beaucoup ; si ses projets ne tenaient plus, elle serait peut-être bien aise de me retrouver. Vous ne pouvez pas me reprocher une pensée bien tendre et bien modeste ?... Votre mari est ressorti, ça ne changeait pas les choses, il était en dehors de toutes les combinaisons... J'ai regardé encore une fois si la voiture de madame Simpson arrivait, je n'ai rien vu venir, je suis remonté. Oh ! je suis remonté en tremblant, je vous assure, et je serais peut-être redescendu *(Riant.)* sans un de ces petits hasards qui sont toujours drôles : votre mari avait laissé la porte ouverte. Voyons, Clotilde, tout cela est bien simple, bien naturel, on ne se fâche pas pour si peu de chose... Dites un mot. Vous ne voulez pas me répondre ? Un mot ? Un seul... *(S'éloignant.)* C'est bien. Je vous laisse. Vous préférez décidément avoir cette journée à vous. À demain. *(Revenant.)* À demain ? *(S'impatientant.)* Dites un mot. Vous ne voulez pas me dire un mot ? *(S'éloignant.)* Je suis tout à fait blessé, je vous le déclare. Vous me traitez depuis quelque temps trop légèrement et sans aucune considération pour le passé. *(Revenant.)* Vous êtes bien résolue à ne pas me répondre ? *(S'éloignant.)* Eh bien, comme vous voudrez, finissons-en. Vous ne m'aimez plus, je vous embarrasse, je n'ai plus de bien grandes joies avec vous quand je pourrais être heureux ailleurs, séparons-nous. *(Revenant à elle et lui tendant la main.)* Séparons-nous en gens d'esprit !... Voulez-vous que je vous dise ? Vous n'attendez personne. Vous allez retrouver votre amant et c'est avec lui que vous dînez ; soutenez donc le contraire... Je le connais. Je n'ai pas voulu vous le nommer tout à l'heure. C'est... monsieur... Ernest Mercier.

Clotilde : Alfred Mercier.

Lafont : Alfred ?

Clotilde : Alfred Mercier.

Lafont : Rue de la Madeleine, 28.

Clotilde : Boulevard de la Madeleine, 28.

Lafont : *(troublé)* Clotilde ! Est-ce une moquerie de votre part, ou bien la vérité que vous m'avouez ?... C'est bien la vérité, n'est-ce pas ? *(Pleurant.)* Ah ! Clotilde ! Clotilde ! Qu'est-ce que vous venez de faire ? Il fallait me tromper délicatement sans que je le voie et sans me le dire. C'est bien la fin, cette fois, c'est bien la fin ! Adieu ! *(S'arrêtant.)* Adieu ?... Adieu !

Il sort.

Scène 10

Clotilde

Clotilde : En voilà assez. J'ai bien voulu être complaisante et me prêter à une explication par hasard ; mais tous les jours, deux fois par jour, non ! Ah ! bien, on en aurait de l'agrément avec des passions pareilles qui ne vous laissent pas le temps de respirer. Sans compter qu'on est toujours à deux doigts d'une catastrophe. C'est vrai. Je ne suis plus tranquille que quand mon mari est là.

Acte III

Même décor. La porte de droite est ouverte à deux battants ; on a placé la table au milieu du salon pour y servir le café.

Scène 1

Clotilde, Simpson, Adèle

Clotilde : *(elle est près de la table)* Monsieur Simpson ?

Simpson : *(il est assis et achève une tasse de café)* Madame ?

Clotilde : Vous faites ici comme chez votre mère, n'est-ce pas ? vous vous servirez.

Simpson : Oui, madame.

Clotilde : *(en donnant une tasse à Adèle)* Portez cette tasse à monsieur et laissez-nous.

Adèle : Madame n'aura plus besoin de moi ?

Clotilde : Non.

Adèle : J'avais prévenu Madame que mon frère…

Clotilde : Allez, vous me parlerez de cela plus tard.

Adèle : *(aigrement)* Bien, madame.

Elle sort, en emportant la tasse, par la porte de droite.

Scène 2

Clotilde, Simpson

Clotilde : *(s'approchant lentement de Simpson, à mi-voix)* C'est donc bien vrai, vous quittez Paris décidément ?

Simpson : Décidément.

Clotilde : Aujourd'hui même ?

Simpson : Je prends le train de 7 heures qui me mettra à minuit chez moi.

Clotilde : Vos malles sont faites ?

Simpson : Mon domestique les termine en ce moment.

Clotilde : Vous ne me demandez rien ?

Simpson : Il me reste si peu de temps vraiment que je craindrais de vous déranger.

Clotilde : Comme vous voudrez. *(Elle le quitte ; il se lève et va poser sa tasse sur la table.)* Qu'est-ce que pense votre mère de cette brusque résolution ?

Simpson : Ma mère est enchantée de me voir partir. C'est un peu pour elle que je m'en vais plus tôt que d'habitude. Elle m'a demandé d'inspecter sa propriété de fond en comble et de diriger les réparations qui seront nécessaires. Je veux que ma mère ne reconnaisse pas Croquignole, quand elle viendra s'y installer.

Clotilde : Si votre mère est de votre côté, je n'ai plus rien à dire.

Simpson : Vous aimez trop Paris ; vous n'admettez pas qu'on s'y trouve mal et qu'on puisse vivre ailleurs.

Clotilde : Je ne pense pas cela. Je trouve seulement qu'à votre âge et dans votre situation un homme n'abandonne pas Paris volontiers, surtout s'il y était retenu par le plus léger attachement. L'hiver est à peine fini ; le temps est affreux ; personne ne songe encore à partir, excepté vous ; il faut que vous ayez une raison.

Simpson : J'en aurais une plutôt pour rester.

Clotilde : Alors, pourquoi vous en allez-vous ?

Simpson : Je m'ennuie. Je suis irrité et humilié. Je me fais l'effet d'un pauvre dans votre Paris. Qu'est-ce que c'est que ce misérable entresol où je demeure ? J'ai honte pour moi de l'habiter ; c'est bien pis quand on me fait le plaisir de venir me voir. Ma mère se refuse toujours à me donner une installation comme je la voudrais. Elle préfère que je voyage. Je dépense beaucoup d'argent, sans en retirer ni plaisir ni honneur. Là-bas, à Croquignole, le décor change. Je mène grand train. Je compte dans le pays ; on me salue très bas quand je passe. J'ai sous la main tout ce qui me manque ici : mes chevaux, mes chiens… mes fusils. Vous savez que j'ai une magnifique collection de fusils qu'il me tarde toujours un peu de retrouver en bon état. Paris est agréable évidemment ; je m'y plairais peut-être autant qu'un autre, si j'y étais dans des conditions qui satisferaient mon amour-propre.

Clotilde : C'est ma faute. Je n'ai pas su vous consoler et vous conserver. Se quitter comme nous le faisons, de gaieté de cœur, après quatre mois seulement, le temps ne vous aura pas paru long, je l'espère.

Simpson : Cinq mois.

Clotilde : Croyez-vous ?

Simpson : Comptons : 15 janvier, 15 février, 15 mars…

Clotilde : C'est très juste. Mettons cinq mois et n'en parlons plus.

Un temps.

Simpson : *(s'approchant d'elle)* Vous devriez venir cette année à Croquignole, quand ma mère sera là, avec une partie de sa société.

Clotilde : Ne comptez pas sur moi. Mon mari ne peut pas s'absenter si aisément.

Simpson : Vous le laisseriez.

Clotilde : Il n'aime pas ça.

Simpson : Vous vous retrouveriez avec votre amie, madame Beaulieu, que les difficultés n'arrêtent pas, elle.

Clotilde : Oh ! Pauline, c'est différent. Elle a une fortune d'abord qui lui permet de faire ce qu'elle veut. Ensuite, son mari a eu de grands torts avec elle, elle en profite et elle a bien raison.

Simpson : Elle s'amuse, madame Beaulieu ?

Clotilde : Je n'en sais rien. Nous sommes très liées avec Pauline, très liées, mais nous ne nous disons pas tout.

Simpson : C'est elle cependant qui vous a mise en relation avec ma mère.

Clotilde : Pauline n'a jamais su pourquoi je le désirais. Qu'est-ce qui vous fait supposer que madame Beaulieu ne se conduise pas régulièrement, on vous a dit quelque chose sur elle ?

Simpson : Je lui connais une forte toquade pour un de mes amis.

Clotilde : Vous l'appelez ?

Simpson : Hector de Godefroy.

Clotilde : C'est un mensonge.

Simpson : À peine un secret.

Clotilde : Madame Beaulieu, vous ne pouvez pas l'ignorer, vit depuis des années avec un garçon charmant qui l'adore et qui ne la quitte jamais.

Simpson : Il se nomme ?

Clotilde : *(après avoir hésité, avec un sourire)* Alfred Mercier.

Simpson : Oui, mais madame Beaulieu s'est amourachée, je me demande pourquoi, de mon ami Hector, et elle ne passe plus un jour sans le voir.

Clotilde : De qui le tenez-vous ?

Simpson : De madame Beaulieu elle-même, qui ne recule pas devant des confidences de ce genre.

Clotilde : Quelle enfant que cette Pauline ! Elle ne pourrait pas garder ces choses-là pour elle !

Simpson : *(la quittant)* Voilà ce que j'apprécie encore en m'éloignant de Paris ; on enterre un tas d'histoires qui ne sont pas bien propres.

Clotilde : C'est pour mon amie que vous faites cette phrase ?

Simpson : Je crois qu'elle peut en prendre sa part.

Clotilde : Pauline a bien souffert, allez.

Simpson : Il n'y paraît guère aujourd'hui.

Clotilde : Vous lui avez peut-être fait la cour.

Simpson : L'idée ne m'en serait jamais venue.

Clotilde : Madame Beaulieu est tout bonnement adorable.

Simpson : Je n'aime pas à être confondu avec tout le monde.

Clotilde : Il faut bien cependant vous y attendre un peu.

Simpson : Les femmes ne seraient pas contentes, si elles vous entendaient.

Clotilde : Qu'est-ce que ça prouve ? Que nous sommes faibles, changeantes, coupables, si vous le voulez ; que nous nous laissons entraîner toujours ; que nous rencontrons des maladroits qui ne nous aiment pas comme nous le voudrions, ou des ingrats, ce qui est pis, qui n'ont de l'estime et de l'affection que pour eux-mêmes ! Vous avez raison, du reste. Le plus sage serait de ne connaître ni les uns ni les autres ; de se fermer les yeux ; de se boucher les oreilles ; de se dire courageusement : Ta place est là, restes-y. La vie ne serait peut-être pas très drôle ni très palpitante, mais on s'éviterait bien des tracas, bien des déceptions et bien des regrets.

Simpson : Qu'avez-vous ?

Clotilde : Laissez.

Simpson : Vous pleurez ?

Clotilde : Et bien sincèrement, je vous l'atteste.

Simpson : Pourquoi pleurez-vous, ma chère ?

Clotilde : Est-ce qu'on sait ? Il y a un peu de tout dans les larmes d'une femme.

SIMPSON : Je serais désolé que mon départ...

CLOTILDE : Non. Ne vous faites pas plus coupable que vous ne l'êtes. On se rencontre, on se plaît, on se sépare, c'est l'histoire de tous les jours. Mais, messieurs, vous êtes bien accommodants pour obtenir nos bonnes grâces, et bien sévères quand nous vous les avons accordées. Allons ! il faut que j'appelle mon mari, qui nous laisserait ensemble jusqu'à demain avec sa bonne foi et cette sublime ignorance de toutes nos folies. *(Lui tendant la main.)* Dites-moi adieu. Gardez de ces cinq mois un bon souvenir, c'est tout ce que je demande. Gardez-le pour vous seul, comme vous le devez et comme je peux y compter de votre part. C'est à vous que nous devons d'avoir réussi dans ce que nous désirions, mais le service n'est venu qu'après la faute et il n'était pas nécessaire. Si vous voulez un jour, en passant, me serrer la main, vous connaissez maintenant la maison où vous avez fait tout ce qu'il faut pour y être bien reçu.

SIMPSON : Vous êtes charmante.

CLOTILDE : Je le sais. *(Elle le quitte et va à la porte de droite.)* Voyons, Adolphe, tu as assez fumé. Tu finiras tes journaux une autre fois. Adolphe, m'entends-tu ? Monsieur Simpson prend son chapeau, lève-toi tout de suite, si tu veux descendre avec lui. *(Revenant.)* Mon mari vient.

Scène 3

LES MÊMES, DU MESNIL

DU MESNIL : *(entrant et allant à Simpson)* Je me conduis comme un malappris avec vous, je vous abandonne.

SIMPSON : Ça ne fait rien.

DU MESNIL : J'ai pris cette habitude après mon déjeuner de me reposer un instant ; c'est le seul moment où je me sente bien chez moi.

SIMPSON : Vous êtes prêt ?

DU MESNIL : Quand vous voudrez.

SIMPSON : Partons alors.

DU MESNIL : Vous permettez que je dise un mot à ma femme.

SIMPSON : Certainement.

DU MESNIL : *(allant à Clotilde, bas)* Est-ce qu'il faut que je remercie ce jeune homme ?

CLOTILDE : Non. Nous l'avons invité à déjeuner, ça suffit.

DU MESNIL : Nous devons beaucoup à son ami du ministère.

Clotilde : C'est sa mère qui a tout fait… depuis que je lui ai écrit un mot devant toi, tu te souviens ?

Du Mesnil : Je ne savais pas que madame Simpson avait un fils de cet âge-là ; comment le trouves-tu ?

Clotilde : Distingué.

Du Mesnil : De bien grands airs, hein ?

Clotilde : Ça ne me déplaît pas.

Du Mesnil : Qu'est-ce qu'il te disait ?

Clotilde : Que j'étais parfaite.

Du Mesnil : Au moral.

Clotilde : Au physique aussi.

Du Mesnil : Je suis bon enfant de vous avoir laissés ensemble.

Clotilde : Il part ce soir.

Du Mesnil : Il peut revenir aussi.

Clotilde : *(à l'oreille de son mari)* Ce n'est pas encore celui-là qui me fera oublier mes devoirs.

Elle le quitte.

Simpson : *(allant à Clotilde)* Vous voulez bien m'excuser, madame, de me retirer si vite.

Clotilde : Je sais que votre temps est compté, vous me l'avez dit, et je n'ose pas vous retenir.

Simpson : Je regrette déjà Paris avant de l'avoir quitté.

Clotilde : Vous allez l'oublier bien facilement.

Simpson : Ma mère vous verra bientôt sans doute et elle me donnera de vos nouvelles.

Clotilde : Nous lui demanderons aussi des vôtres.

Simpson : Rappelez-vous que vous êtes attendue à Croquignole.

Clotilde : Il n'est pas probable que vous m'y voyiez.

Simpson : Je ne me tiens pas pour battu. Si une occasion se présente pour moi de venir à Paris, et au besoin je la ferai naître, j'essayerai encore de vous décider.

Clotilde : Ne venez pas pour m'inviter, mais pour me voir.

Simpson : À bientôt alors.

Clotilde : À bientôt.

Du Mesnil : Qu'est-ce que je te disais ?

Clotilde : Qu'est-ce que je t'ai répondu ? Ne t'occupe pas de ça et fais tes affaires.

Il sort.

Scène 4
CLOTILDE

CLOTILDE : Sotte aventure ! Tous ces jeunes gens d'aujourd'hui ne valent pas la peine qu'on s'occupe d'eux. C'est sec, plein de prétentions, ça ne croit à rien ; ils aiment la pose, et voilà tout. Je pensais que monsieur Simpson, élevé par sa mère, s'attacherait sérieusement à une femme. Je n'ai pas à me plaindre de lui, du reste. Il a été toujours fort convenable et très obligeant… Il est un peu bête avec ses fusils… C'est bien fait pour moi. J'avais ce qu'il me fallait, un ami excellent, un second mari, autant dire. Je l'ai malmené de toutes les manières, il en a eu assez, ça se comprend. Qui sait ? Il me croit peut-être plus fâchée que je ne le suis, les hommes nous connaissent si peu. Nous sommes bien faibles, c'est vrai, avec celui qui nous plaît, mais nous revenons toujours à celui qui nous aime.

Un coup de timbre.

Scène 5
ADÈLE, CLOTILDE

ADÈLE : *(entrant)* Monsieur Lafont, madame.

CLOTILDE : Eh bien ? Pourquoi prenez-vous cet air étonné pour annoncer monsieur Lafont ?

ADÈLE : Madame va donc le recevoir ?

CLOTILDE : Certainement.

ADÈLE : Bien, madame.

CLOTILDE : Allez-vous-en maintenant, Adèle, si vous avez besoin de sortir.

ADÈLE : Merci, madame.

Elle fait entrer Lafont.

Scène 6
LAFONT, CLOTILDE

LAFONT : *(ému, lentement)* Bonjour.

CLOTILDE : *(d'une voix calculée)* Bonjour, mon ami.

LAFONT : Comment allez-vous ?

CLOTILDE : Doucement, bien doucement. Et vous ?

LAFONT : Mal. Très mal. Je vous dérange ?
CLOTILDE : Pas le moins du monde !
LAFONT : Vous alliez peut-être sortir ?
CLOTILDE : Ma foi, non. Je sors à peine maintenant. Où irais-je ?
LAFONT : Vous aviez du monde à déjeuner ?
CLOTILDE : Du monde, non, une personne.
LAFONT : Un ami ?
CLOTILDE : Un passant.
LAFONT : Vous le nommez ?
CLOTILDE : *(après avoir cherché)* Mon mari me l'a dit, mais je ne m'en souviens plus.
LAFONT : Je viens de les voir partir ensemble.
CLOTILDE : Vrai ? Vous étiez là sous mes fenêtres ? Si je l'avais su, je me serais montrée un instant. C'est très gentil de votre part. Au moins vous ne m'avez pas oubliée tout de suite.
LAFONT : Quel était ce monsieur ?
CLOTILDE : Un passant, je vous le répète, le premier venu. Il ne peut pas vous donner de l'ombrage ; mon mari me l'a présenté ce matin et ce soir il sera parti.
LAFONT : Vous me dites la vérité ?
CLOTILDE : Pourquoi vous mentirais-je maintenant ? Vous ne changez pas, vous, c'est une justice à vous rendre ! Venez ici, dans ce fauteuil, et tenez-vous-y, si c'est possible, que je ne vous voie pas marcher, remuer et vous agiter comme autrefois. Vous m'avez laissé de meilleurs souvenirs.
LAFONT : Clotilde !
CLOTILDE : Il n'y a plus de Clotilde.
LAFONT : Mon amie !
CLOTILDE : Un peu de calme, n'est-ce pas, et ne nous égarons pas si vite.
LAFONT : J'ai bien regretté, allez, cette scène ridicule, que vous pouviez empêcher si facilement. Regardez-moi. Monsieur Alfred Mercier ! *(Elle rit.)* Que voulez-vous ? J'étais jaloux depuis longtemps de ce monsieur Mercier ; tous mes soupçons se portaient sur lui. Madame Beaulieu ne se plaindra pas de votre discrétion.
CLOTILDE : C'est bien. Qu'est-ce que vous avez fait depuis que je ne vous ai vu ?
LAFONT : J'ai pensé à vous.
CLOTILDE : Cela se dit, cela. Après ?
LAFONT : Après ! J'ai vécu comme d'habitude.

Clotilde : Vous ne vous êtes pas absenté ?

Lafont : Il fallait me déplacer, je n'en ai pas eu le courage.

Clotilde : Ces demoiselles ont-elles été gracieuses ? Vous ont-elles bien reçu ?

Lafont : Je ne vous réponds pas.

Clotilde : Pourquoi ? Il est possible qu'autrefois une infidélité de votre part m'eût été sensible, très sensible ; mais ce qui vous était défendu alors vous est bien permis maintenant. Avec cela que je ne vous connais pas et que vous êtes un homme à vous priver de consolations. Vous n'étiez pas toujours bien aimable, mon ami, ni bien gai, ni bien confiant, mais…

Lafont : Mais…

Clotilde : Ne parlons pas de ces choses-là.

Lafont : Je souffre beaucoup trop, je vous assure, pour songer à des consolations. Et puis, si le malheur veut que je vous aie perdue pour toujours, je ne chercherai pas à vous remplacer dans un monde que je ne fréquente plus.

Clotilde : Vous avez tort. Vous devriez retourner auprès de ces dames. Elles sont libres ; on ne se gêne pas avec elles ; elles aiment les histoires, les cris, les batailles ; vous ne trouverez jamais cela avec nous. Nous ne pouvons offrir qu'une affection paisible, sincère… et désintéressée.

Lafont : C'est ce que je demande. C'est ce que nous demandons tous.

Clotilde : Alors, mon ami, il fallait prendre garde et ne pas risquer ce que vous teniez pour le plaisir de faire un coup de tête.

Lafont : Clotilde ?

Clotilde : Quoi, mon ami ?

Lafont : Donnez-moi votre main.

Clotilde : Non.

Lafont : Vous pouvez bien me donner la main.

Clotilde : Plus tard, nous verrons. Ne prenez pas cet air-là, ou je vous renvoie à l'instant même.

Lafont : Donnez-moi votre main.

Clotilde : Allons, la voici. Il vous faut l'autre maintenant.

Lafont : Vous êtes bien froide.

Clotilde : Comment, froide ? Je vous fais asseoir près de moi et je vous permets de m'embrasser, vous ne pensiez pas que j'allais me jeter à votre cou, dès que vous entreriez.

Lafont : Je suis là, comme un coupable. J'accepte tous les reproches que vous me faites ; je crois que vous en mériteriez aussi.

Clotilde : Aucun.

Lafont : Est-ce ma faute ou la vôtre si nos relations ont changé tout à coup ? Il n'y avait pas d'homme plus heureux que moi, jusqu'au jour où votre existence a été bouleversée.

Clotilde : Qu'est-ce que vous dites ? Mon existence bouleversée ! Elle ne pouvait l'être que par vous, si je ne vous avais pas arrêté à temps.

Lafont : Vous avez raison. Je ne sais pas pourquoi je reviens là-dessus. Laissons ce qui s'est passé.

Clotilde : Qu'est-ce qui s'est passé ? Vous êtes incorrigible. Je vous reçois, je vous écoute, je crois que vous regrettez sincèrement une conduite inexplicable, je me dis que plus tard, si vous vous réformiez sérieusement, il ne serait pas impossible que je vous pardonne ; et vous me fâchez encore avec ce mauvais esprit que je déteste en vous et que je n'ai jamais réussi à vaincre. Il ne s'est rien passé du tout, vous entendez, rien, rien, rien, absolument rien !… Éloignez-vous.

Lafont : Pourquoi ?

Clotilde : Éloignez-vous. Je désire me lever.

Lafont : Non.

Clotilde : Si.

Lafont : Restons comme nous sommes.

Clotilde : Laissez-moi me lever un instant… Vous ne partez pas encore…

Lafont : Continuons.

Clotilde : Quelle exigence !

Lafont : Vous ne souffrez pas ?

Clotilde : Je suis nerveuse et agitée.

Lafont : Raison de plus.

Clotilde : Vous dites ?

Lafont : J'ai bien de la peine aussi à me dominer.

Clotilde : Allons, ne vous troublez pas, je resterai assise.

Lafont : Vous pensiez donc un peu à me pardonner ?

Clotilde : J'ai dit cela et j'ai eu tort.

Lafont : Reprenons notre bonne existence d'autrefois.

Clotilde : À quoi bon ? Vous ne serez jamais heureux avec moi et je ne serai jamais tranquille avec vous ; vous ne voulez pas comprendre ma situation.

Lafont : Quelle situation ?

Clotilde : Ma situation. Est-ce que je n'ai pas un mari, dont je dépends entièrement et qui doit me trouver là toutes les fois qu'il le désire ? C'est bien le moins, vous l'avouerez. Voilà encore une bien grande faute de votre part et que vous vous éviteriez, si vous me connaissiez mieux.

Lafont : Qu'est-ce que vous me reprochez ?

Clotilde : Vous n'aimez pas mon mari !

Lafont : Mais si, je vous assure.

Clotilde : Mais non, je vous le garantis. Vous n'aimez pas Adolphe, je le vois à bien des choses. Ce sont peut-être vos caractères qui ne s'accordent pas ou bien la position qui veut ça.

Lafont : Quelle injustice ! Votre mari ! Il n'a jamais eu que deux amis en ce monde.

Clotilde : Deux ?

Lafont : Oui, deux.

Clotilde : Lesquels ?

Lafont : Vous et moi. *(Ils rient.)* Laissons de côté les autres et parlons de nous. Voyons, Clotilde, soyez sincère, est-il vrai que vous me plaisiez ?

Clotilde : Ça, oui. Je crois que je suis à votre goût.

Lafont : Une affection comme la mienne ne se rencontre pas tous les jours ; vous en tenez compte ?

Clotilde : Certainement. C'est bien parce qu'elle me touche et que j'en tiens compte, que j'ai supporté toutes vos tempêtes.

Lafont : Je suis bien doux d'ordinaire, bien tendre…

Clotilde : Je ne dis pas non. Vous savez parfaitement plaire quand vous le voulez bien, et vous trouvez quelquefois de fort jolies choses qui sont très agréables à entendre… Ce n'est pas vous qui parleriez de fusils à une femme.

Lafont : Qu'est-ce que cela veut dire ?

Clotilde : Rien. Une sottise qu'on m'a contée. Ne faites pas attention.

Lafont : *(se rapprochant d'elle)* Dites-moi que vous me pardonnez.

Clotilde : *(bas)* Oui… Soyez sage, n'est-ce pas ?

Lafont : Vous me pardonnez… tout à fait ?

Clotilde : Tout à fait… Ne me tourmentez pas, j'irai vous voir.

Lafont : Bientôt ?

Clotilde : Quand vous le voudrez… Prenez garde, je ne suis pas seule ici.

Lafont : Clotilde !

Clotilde : Tu m'aimes ?

Lafont : Je t'adore !

Clotilde : *(se relevant)* En aurons-nous dit des paroles inutiles pour nous retrouver au même point.

Lafont : *(allant à elle)* Le regrettez-vous ?

Clotilde : Pas encore.

Lafont : J'étais bien triste en venant ici ; je vous quitterai dans de meilleures dispositions.

Clotilde : Eh bien ! que cette petite leçon vous profite ! Plus de scènes, n'est-ce pas, plus de ces affreux soupçons qui désobligent une femme et qui sont si inutiles. Quand quelque chose va mal ou vous fait de la peine, dites-le moi, je suis toujours disposée à entendre raison. Écoutez. Je vais vous annoncer une nouvelle qui ne vous déplaira pas.

Lafont : Voyons.

Clotilde : Je crois que mes beaux jours avec madame Simpson sont finis.

Lafont : Bah !

Clotilde : Oui.

Lafont : Vous avez eu à vous plaindre d'elle ?

Clotilde : Non. Je n'ai eu qu'à me louer d'elle au contraire. Ce n'est pas précisément madame Simpson que je ne veux plus voir, c'est sa maison où il me paraît préférable de ne pas aller.

Lafont : Qu'est-ce que je vous avais dit tout de suite ?

Clotilde : Vous êtes plus fin que moi, voilà tout.

Lafont : Je connais une autre personne, dont la société n'est pas bien bonne pour vous, et que vous devriez écarter aussi.

Clotilde : Vous allez me dire une bêtise, je vois ça d'ici. Cette personne, c'est…

Lafont : Madame Beaulieu.

Clotilde : Moi, me fâcher avec Pauline, je voudrais bien savoir pourquoi ? Pourquoi ?

Lafont : Il me semble…

Clotilde : Qu'est-ce qu'il vous semble ?

Lafont : Monsieur Mercier !

Clotilde : Eh bien ? Monsieur Mercier ?

Lafont : J'ai appris ce qu'il en est et ce que vous savez bien aussi.

Clotilde : Oui, je le sais. Après ?

Lafont : Vous ne défendez pas madame Beaulieu, je présume.

Clotilde : Ah çà ! pensez-vous un peu à ce que vous me dites ? Est-ce que vous allez reprocher à Pauline de faire pour monsieur Mercier ce que je fais pour vous ?

Lafont : Ce n'est pas la même chose.

Clotilde : En êtes-vous sûr ? Expliquez-moi la différence.

Lafont : J'en vois une.

Clotilde : Laquelle ? Allons. Dites un peu. Laquelle ?... Vous êtes tous les mêmes, messieurs. Pour vous, nous pouvons tout nous permettre, mais vous vous révoltez quand ce sont les autres qui en profitent. Plutôt que de vous occuper de Pauline, vous devriez songer à mon mari qui s'est plaint tous les jours qu'on ne vous voyait plus et qui va vous demander une explication.

Lafont : *(montrant la seconde porte du fond)* C'est Adolphe que nous venons d'entendre rentrer ?

Clotilde : Oui, c'est Adolphe. Avez-vous pensé un peu à ce que vous lui diriez ?

Lafont : Non.

Clotilde : Non. Ça vous fait rire. Tant pis pour vous, mon ami, vous vous tirerez de là comme vous pourrez.

Scène 7

Les mêmes, Du Mesnil

Du Mesnil : Te voilà, toi !

Lafont : *(embarrassé)* Bonjour, mon cher.

Du Mesnil : Bonjour. Pourquoi ne t'a-t-on pas vu depuis si longtemps ?

Lafont : *(embarrassé)* Comment vas-tu ?

Du Mesnil : Je me porte à merveille. Tu ne réponds pas à ma question. Qu'est-ce qui s'est donc passé que tu aies disparu du jour au lendemain ?

Clotilde : Ne le tourmente pas. Il a eu un gros chagrin, n'est-ce pas, monsieur Lafont ?

Lafont : Oui, madame.

Du Mesnil : Quel chagrin ?

Clotilde : Est-ce qu'il faut que je dise à mon mari ?

Lafont : Si vous le voulez.

Du Mesnil : Parle donc.

Clotilde : Il était jaloux.

Du Mesnil : Jaloux ! *(À Lafont.)* Comment ! Tu es encore jaloux, à ton âge ? *(À sa femme.)* Et de qui diable était-il jaloux ? D'une femme qui ne lui appartient pas, bien entendu. Ces célibataires ! Ils ne se refusent rien. Ils sont jaloux par-dessus le marché. Veux-tu que je te dise l'opinion d'un économiste célèbre sur la jalousie ? La jalousie, c'est la privation, pas autre chose. Si tu étais marié, tu ne serais pas privé et tu ne serais pas jaloux. Est-ce vrai, ça, Clotilde ?

CLOTILDE : Allons, tais-toi un peu.

DU MESNIL : Jaloux ! *(À sa femme.)* Est-ce que tu lui as dit ?

CLOTILDE : Quoi donc ?

DU MESNIL : Que j'étais nommé ?

CLOTILDE : Monsieur Lafont est le premier qui t'ait écrit pour te féliciter.

DU MESNIL : En effet. Je ne m'en souvenais plus. Il m'a écrit plutôt que de venir me voir… *(À Lafont, en regardant sa femme avec intention.)* C'est mon oncle, mon vieux bonhomme d'oncle, qui a enlevé cette affaire-là.

CLOTILDE : On le sait bien que c'est ton oncle, tu n'as pas besoin de le crier sur les toits.

DU MESNIL : *(à Lafont)* Eh bien ! Est-ce que ça ne vaut pas mieux d'être receveur que d'être jaloux, hein ? *(À sa femme.)* Ce pauvre Lafont ! Il n'est pas encore bien remis. Il n'a pas son nez ordinaire… Ah çà ! t'a-t-elle trompé ou ne t'a-t-elle pas trompé ?

LAFONT : Laisse-moi donc !

DU MESNIL : Tu peux bien me dire ça, à moi. T'a-t-elle trompé ou ne t'a-t-elle pas trompé ?

CLOTILDE : Mon mari vous fait une question, répondez-y.

LAFONT : Que voulez-vous que je réponde ? Y a-t-il un homme, un seul, qui jurerait que sa maîtresse ne l'a pas trompé ? La mienne m'a dit que non, elle ne pouvait pas me dire oui. Nous nous sommes réconciliés, c'est ce que nous désirions sans doute l'un et l'autre.

CLOTILDE : Vraiment ! Il est bien fâcheux que cette dame ne soit pas ici pour vous entendre ; elle saurait l'opinion que vous avez d'elle et de toutes les femmes. La confiance, monsieur Lafont, la confiance, voilà le seul système qui réussisse avec nous.

DU MESNIL : Ç'a toujours été le mien, chère amie…

FIN

Clotilde (Barbara Schulz), Du Mesnil (Didier Brice) et Lafont (Jérôme Kircher)

Commentaires

Le sarcasme et le sous-entendu

Entretien avec Didier Long

Habitué des planches du Théâtre Montparnasse, où il vient de mettre en scène *Parole et guérison* avec Barbara Schulz, Didier Long s'attaque ici à l'une des pièces les plus grinçantes et les plus stimulantes de la fin du XIXe siècle, et qui nous parle avec une étonnante modernité.

L'avant-scène théâtre : Qu'aimez-vous dans *La Parisienne*, une pièce qui passe pour classique et qui est rarement jouée ?
Didier Long : C'est un chef-d'œuvre ! Et reconnu comme tel dès sa création ; Tchékhov et Ibsen disent s'en être inspirés. Une pièce d'une mécanique extraordinaire, exigeante, d'une très grande finesse. Une étape essentielle dans l'écriture sociale et réaliste à l'aube de la IIIe République. Becque y lance le mouvement d'un théâtre du sous-entendu caustique. C'est un homme qui a aimé les idéaux de la révolution de 1848 et qui a espéré que la république allait en finir avec les privilèges. Il découvre avec dégoût les nouveaux passe-droits, les intrigues, l'incompétence, le scandale de l'amour et de l'argent au cœur de la IIIe République. La pièce propose une réflexion sur un monde bourgeois qui peine à trouver son équilibre entre morale et ambition. Une société sans repères symboliques et hantée par le profit. C'est d'une très grande modernité.

AST : C'est aussi le portrait d'une femme.
D. L. : La pièce est mystérieuse de ce point de vue-là. Qui est la Parisienne ? Le personnage principal, Clotilde ? La vraie Parisienne est sans doute l'invisible Mme Simpson dont on parle beaucoup : c'est une reine des manœuvres politiques, pour qui la femme peut profiter de sa séduction alliée à l'intelligence, et ce, à n'importe quel prix. Clotilde, à l'origine, est une petite femme modèle qui s'est mise à rêver qu'elle pouvait atteindre une condition supérieure, elle a pris Mme Simpson comme exemple et l'imite en tout. Son

Jérôme Kircher, Alexandre Guansé, Didier Brice, Barbara Schulz et Candice Crosmary en répétition avec Didier Long. © Jean-Paul Lozouet

mari est poussé à être ambitieux au-delà de ses désirs et aptitudes. Son amant ne la reconnaît plus et oppose une jalousie maladive. Ensemble, ils composent un ménage qui construit et subit ses propres règles. C'est même un ménage à quatre ; Clotilde est attirée par le fils de Mme Simpson, comme le symbole d'une réussite qui la fascine et d'un milieu auquel elle aspire. Mais lui n'est que fatuité et détachement. C'est une vision très pessimiste. Après le départ de ce jeune amant, rien ne change, rien ne se transforme, tout se poursuit. Un impitoyable jeu de dupes !

AST : Le langage et la forme restent-ils actuels ?

D. L. : L'ambition et la soif de plaisir sont portés à un tel degré d'évidence qu'ils s'expriment avec convenance et légèreté. La pièce se joue selon une rythmique imposée. Tout y est important, des plans amoureux aux plans professionnels. C'est caustique et cruel, parfois extrêmement drôle. Ce n'est pas seulement du théâtre naturaliste. Becque disait en substance : « Le théâtre naturaliste a un défaut. Il a toujours besoin d'inventer des personnages sympathiques qu'il faudrait plaindre au final. Mais il n'y a pas de personnes sympathiques dans la vie. Ce n'est pas la vérité. » D'ailleurs, le couple adultère de *La Parisienne* fait penser à Alceste et Célimène.

AST : Y a-t-il à vos yeux une résonance politique dans cette pièce ?

D. L. : Becque a beaucoup milité et il a acquis un côté anarchiste. C'était un grand idéaliste, voire un humaniste, et

Didier Brice, Barbara Schulz et Jérôme Kircher. © Jean-Paul Lozouet

il est devenu peu à peu un Alceste. J'ai voulu monter la pièce dans les costumes, le contexte de l'époque. Vouloir la transposer aujourd'hui ne servirait à rien. La moderniser visuellement ne me semble pas être un but à tout prix. La modernité des enjeux éclate d'autant plus que le langage est épuré et contemporain. On ne coupe pas un mot. C'est sec, essentiel. Nous jouons direct et ouvert. Becque a coupé lui-même son texte, sans complaisance.

AST : Comment avez-vous composé votre distribution ?

D. L. : Je voulais une distribution qui communique un climat de jeunesse. Les personnages ont la vie devant eux. Ils ont quarante ans mais sont déjà à l'âge des coups bas et des résignations ! Barbara Schulz, Jérôme Kircher et Didier Brice sont de la même génération et impriment d'emblée trois présences et trois univers. Pour ce théâtre du sous-entendu, si l'on veut sentir les triples ou quadruples sens, sans les appuyer ou les commenter, il faut des interprètes qui s'affirment par leur présence et leur engagement. J'aime ces partages. On a trois personnalités généreuses aussi bien sur un plateau que dans la vie, sensibles au monde, aux échanges et à l'idée de troupe. Avec tous les dons pour le ludique. Barbara Schulz, que j'ai rencontrée à l'occasion de *Parole et guérison* de Christopher Hampton, a une

Décor (dessin en 3D) de Jean-Michel Adam pour *La Parisienne*. © Jean-Michel Adam

grande intelligence du plateau, avec le sens des réalités concrètes. Son charme emporte l'adhésion, parce qu'elle a en même temps une grande énergie qu'elle met au service du jeu et du sens. Jérôme Kircher possède un univers d'une extraordinaire vérité. Il est dans la modernité inventive des intentions du personnage, entrant finement dans les méandres et est très engagé dans son jeu. Didier Brice, lui, est d'une profondeur touchante et aimante. Candice Crosmary, la domestique, apporte la rouerie sympathique nécessaire. Alexandre Guansé, Simpson, incarne l'évidence d'un monde fait d'élégance et de principes appelés à disparaître bientôt.

AST : Vous montez en même temps *L'Amant* de Pinter au Théâtre Marigny.

D. L. : Oui, avec Léa Drucker et Pierre Cassignard, dans une traduction nouvelle de Gérard Watkins. Harold Pinter, déjà malade, n'avait pu venir voir ma mise en scène du *Gardien* avec Robert Hirsch et Samuel Labarthe mais il m'avait fait part de son enthousiasme après avoir vu la captation du spectacle. Avec *L'Amant*, on se retrouve dans une peinture sociale faite de désir, de fantasme, de duplicité, de tragi-comédie des sentiments. Avec un vocabulaire restreint et quotidien, Pinter analyse le couple avec une richesse inouïe. Tant de sous-entendus et de sarcasmes encore !

Propos recueillis par Gilles Costaz

Noirceur et cocasserie

Rencontre avec les comédiens

Prenant un véritable plaisir à travailler ce bijou de noirceur et de cocasserie qu'est *La Parisienne*, les comédiens réunis autour de Didier Long reviennent sur leurs impressions de répétition…

Alexandre Guansé, Didier Brice et Barbara Schulz. © Jean-Paul Lozouet

Barbara Schulz ne découvre pas la pièce. Elle en avait travaillé des scènes, en cours, autrefois. Mais elle la redécouvre, en entrant au cœur des mots et du personnage en compagnie de Didier Long. « On pourrait lire le texte, qui est magnifique et cruel, comme un mélange de Feydeau et de Guitry, dit-elle. Mais ce n'est pas du tout ça. Tout est dans le second degré. Les mots servent à dire autre chose. C'est un texte qui traite de la condition de la femme en ce temps-là, sous la IIIe République. La femme ne peut arriver par son seul mérite. Elle doit être ou fidèle ou intrigante. Cette Clotilde n'a pas d'autre choix. Mais je ne veux pas jouer une pure intrigante. Il y a une vraie noirceur en dessous, que je dois trouver. Ce tableau d'époque, je le ressens comme très moderne, surtout dans ce qu'il dit des ambitions et dans sa sensibilité. Et il y a des moments cocasses qui nous enchantent pendant les répétitions. »

C'est la seconde fois que Barbara Schulz joue sous la direction de Didier Long. Sous son regard, elle avait été la saison passée Sabina Spielrein, la patiente et l'amante de Jung, dans *Parole et guérison* de Christopher Hampton. Elle retrouve Long avec un grand plaisir : « C'est ma plus grande joie que de travailler à nouveau avec lui. Il a mille idées à la seconde et on lui dit parfois : "Didier, je n'en peux plus !" Avec lui, non seulement on se sent dirigé, mais on peut tout essayer ! » Elle joue pour la première fois avec Jérôme Kircher : « C'est un grand acteur, rapide, en accord avec ses partenaires. »

Le début des répétitions a été malaisé parce que Barbara jouait tous les soirs *Le Donneur de bain* de Dorine Hollier à Marigny. Elle a pu se consacrer entièrement à *La Parisienne* ensuite, continuant ainsi à privilégier le théâtre à l'intérieur de son activité d'actrice. « Le théâtre, c'est ce que je préfère. J'aime le théâtre, les lieux du théâtre. Je n'aime pas jouer un peu ; j'aime jouer tous les jours. Je ne fais plus de films, j'attends les grands rôles ! »

Jérôme Kircher aborde là un auteur qu'il connaissait par la lecture et non par la représentation. « Que Becque intéresse à la fois des gens comme Jean-Pierre Vincent avec qui j'ai beaucoup travaillé et Myriam Feune de Colombi, formidable directrice du Théâtre Montparnasse, c'est un écart, un mystère et une convergence qui me séduisent, dit-il. Je m'efforce d'aller là ou je rencontre des gens (auteurs, metteurs, acteurs ou autres) qui m'élèvent un peu, me rendent un peu plus intelligent, me donnent du rire et du plaisir. J'ai une capacité à l'ennui très développée et ces rencontres doivent m'en sortir. J'aime donc à la fois prolonger des amitiés de travail (Engel, Elmosnino, Pineau, Françon, Vincent...) et multiplier les expériences, les rapports au texte (Tchékhov, Kleist, Nicolas Bedos l'année dernière !) ou à la forme. Avec l'âge, une envie de nouvelles sensations peut-être aussi. Becque est un auteur sous-employé, je pense, et il me semble qu'avec Didier, on peut lui donner une nouvelle vie. » Pour le moment, il ne préfère pas analyser son personnage de Lafont, qu'il considère « non comme un premier rôle mais un personnage pivot » et en qui il voit des échos d'Alceste ; il s'en emparera peu à peu. Il regarde la pièce comme « un petit bijou ancien sur lequel il faut passer le pinceau, dégager d'un langage aujourd'hui un peu compliqué ».

Il aime le duo qu'il va former avec Barbara Schulz : « Barbara est une personne intelligente, ultra-douée et très technique, qui va apporter beaucoup d'acuité à cette Parisienne. » Il fait l'expérience d'une collaboration avec Didier Long : « L'homme a su d'emblée me convaincre, un mélange de rigueur, de liberté et d'audace qui me plaît beaucoup, le plaisir du travail aussi, la joie et l'humilité. » Il est heureux de renouer avec Didier Brice, un copain de Conservatoire, en même temps qu'Éric Elmosnino, Denis Podalydès, Maria de Medeiros, Patrick Pineau et Philippe Uchan. Et il pressent que toute l'équipe de *La Parisienne* va traverser le miroir des apparences : « On va faire bouger des choses. Beaucoup de choses ! »

Didier Brice place Didier Long parmi ses metteurs en scène préférés. Ils ont d'ailleurs ensemble un autre

Jérôme Kircher et Barbara Schulz. © Jean-Paul Lozouet

projet qui n'a pas encore abouti. « Didier Long sait ce qu'il veut et a réuni une équipe sans *ego* démesuré où chacun s'estime. »

Dans le rôle du mari de la Parisienne, il savoure de changer de registre. « Pendant dix ans, j'ai été le soldat de la guerre de 1914-1918 ! », confie-t-il. « Même au cinéma ! Tout à coup, me voilà petit-bourgeois marié. Un des intérêts du rôle tient dans la question : est-il au courant de l'infidélité de sa femme ? Je ne veux pas donner la réponse. Je préfère que chaque spectateur ait la sienne. Le personnage est en prise avec le réel. Sa situation sociale ne lui convient pas et il doit l'accepter malgré ses rêves de carrière littéraire. On est proche des personnages de Tchékhov. »

Il s'amuse de partager la scène avec Jérôme Kircher : ils étaient ensemble au Conservatoire. Didier était parti en claquant la porte, Jérôme était resté. En incarnant le mari et l'amant de Barbara, ils composent un duo amoureux contrasté qui le réjouit.

Alexandre Guansé a été engagé à l'issue d'une audition. Lui qui a été souvent le partenaire d'Arnaud Denis dans ses divers spectacles, de *La Cantatrice chauve* aux *Femmes savantes*, entre ainsi dans une équipe dont la recherche est à la fois proche et différente. « Ce personnage de Simpson, il faut en marquer la différence puisqu'il appartient à l'aristocratie et qu'il se frotte à une bourgeoisie qu'il méprise tout naturellement, une bourgeoisie empêtrée dans des conventions, tricheuse et arriviste, et où chacun se refuse à être confronté à la réalité. Lui est intimement persuadé d'être tout le contraire. Il n'a qu'une seule scène, celle de sa rupture avec Clotilde : il va quitter Paris et en informe sa maîtresse

Alexandre Guansé et Barbara Schulz. © Jean-Paul Lozouet

dans une scène cruelle où il l'accuse sournoisement de n'être qu'une intrigante incapable d'aimer et de vivre simplement. Il n'en est pas moins lâche pour autant. C'est aussi une espèce d'enfant gâté, qui considère que tout lui est dû et qui, n'arrivant pas à se faire respecter dans les milieux parisiens, soulage toute sa rancœur en méprisant et rejetant celle qui l'aime avec une douce brutalité. J'entame une nouvelle approche, celle de Didier Long qui expérimente toutes les possibilités. Rien de ce que les personnages pensent n'est écrit. Tout est en sous-entendus. Le passé, le passif du personnage sont à imaginer. L'enjeu, passionnant, est de déchiffrer les couches et les sous-couches qui se dévoilent et se créent au fil de temps. »

Candice Crosmary joue de nouveau avec Didier Long, et aux côtés de Barbara Schulz. Elle était la discrète infirmière de *Parole et guérison*. Forte de beaucoup de spectacles joués sous la direction de Raymond Acquaviva et de pièces contemporaines interprétées avec la compagnie des Sans chapiteau fixe, elle fait face à un nouveau pari : « J'ai joué certaines bonnes de Molière. Mais Didier Long mène mon personnage bien au-delà du simple rôle de bonne à tout faire. Si elle a le rang de bonne, elle ne l'est pas tout à fait. Elle écoute aux portes, émet des menaces, ne se contente pas de sa place. Elle pourrait être la Parisienne. Ainsi interprété, le personnage, quand il dit : « Oui, madame », « Merci, madame », donne ainsi un autre sens à ces répliques. Avec Didier, on n'en reste pas à ce qui est facile. On va ailleurs. »

Propos recueillis par Gilles Costaz

Henry Becque, dramaturge et ethnographe

par Marianne Bouchardon

Marianne Bouchardon est maître de conférences en littérature française à l'université de Rouen. Spécialiste du théâtre des XIXe et XXe siècles, ses recherches portent plus particulièrement sur le carrefour naturalo-symboliste (Antoine, Maeterlinck, Claudel), le théâtre d'avant-garde (Jarry, Apollinaire, Artaud) et le théâtre contemporain (Novarina, Lagarce, Py). Auteur du chapitre « Réalisme et naturalisme » dans *Le théâtre français du XIXe siècle*, anthologie publiée par L'avant-scène théâtre en 2008, elle prépare actuellement l'édition du *Théâtre complet* d'Henry Becque aux Éditions Classiques Garnier. Elle revient sur le parcours d'Henry Becque, dramaturge et « ethnographe », qui a construit son œuvre comme une véritable peinture de la société.

« ZUT AU BERGER ![1] » : cette invective lancée par Henry Becque contre Émile Zola, chef de file du mouvement naturaliste, qui domine la scène littéraire de 1870 à 1890, dit assez son refus d'être considéré comme l'un de ses émules. Pourtant, c'est à peu près tout l'univers des *Rougon-Macquart* que l'on retrouve chez l'auteur des *Corbeaux* (1882) et de *La Parisienne* (1885). Au nom de la « vérité », son sens de l'observation s'étend en effet à l'ensemble de la société de la fin du Second Empire et des débuts de la IIIe République. Du centre de Paris aux confins de la province, des plus populaires aux plus privilégiés, ce sont tous les milieux qu'il passe tour à tour en revue : l'ouvrier d'usine (*Michel Pauper*, 1870), la couturière en atelier (*Le Départ*, 1897), l'employé de bureau (*Le Domino à quatre*, 1897) comme la bourgeoisie prospère (Bernardin dans *L'Enfant prodigue*, 1868) ou l'aristocratie déchue (Mme de Genlis dans *Les Corbeaux*, 1882) ont chez lui droit de cité. À travers sa peinture du monde contemporain, Becque ne poursuit, toutefois, à la différence d'un Zola, aucun but scientifique : il ne s'agit pas pour lui d'illustrer la théorie de l'influence du milieu sur l'individu. Ses pièces ne sont pas non plus, comme celles d'Alexandre Dumas fils, par exemple, des pièces à thèse : ce n'est pas lui qui ferait de ses personnages les porte-parole de ses propres conceptions morales, sociales ou politiques. Jamais, en effet, ce républicain modéré n'impose

1. C'est le titre d'une des chroniques qu'il publie dans *Le Matin* en 1884.

Charles Prudhon (Lafont) et Suzanne Reichenberg (Clotilde) dans *La Parisienne*, scène du dernier acte. Gravure de H. Dochy d'après L. Marold parue dans *Le Monde illustré* [1890]. Collection Comédie-Française. © Comédie-Française

de solutions dogmatiques et péremptoires aux problèmes de son temps. La force de son théâtre tient plutôt à son art de dénoncer les dysfonctionnements de la société, dont il fustige les mœurs hypocrites et corrompues avec une virulence qui semble parfois dépasser les strictes limites du réalisme : la satire est chez lui si féroce et si violente, le tableau si sombre et si pessimiste, que la critique littéraire aura même dû forger une nouvelle étiquette pour rendre compte du genre dramatique inventé par Becque : la « comédie rosse ».

S'il est vrai que cette rosserie va croissant tout au long de l'œuvre, au point que l'on a pu considérer que la misanthropie de l'auteur s'était aggravée avec l'âge, son lot de déboires sentimentaux et d'insuccès dramatiques, celle-ci n'en laisse pas moins apparaître, du début à la fin, des prises de positions cohérentes. Ainsi Becque ne cesse-t-il jamais d'accorder dans ses pièces une place prépondérante aux figures féminines. Qu'elles soient de noble origine ou de basse extraction, mères de famille ou femmes entretenues, vertueuses ou dépravées, la cause des femmes le préoccupe. La question de l'éducation des jeunes filles, par exemple, se trouve au fondement de l'intrigue des *Corbeaux* (1882). Après le décès de M. Vigneron, c'est l'ignorance de ses droits qui condamne sa veuve à devenir la proie désarmée et impuissante de trois scélérats suffisamment au fait des subtilités de la loi pour spolier la succession du défunt et ruiner sa malheureuse famille en toute impunité. Les défauts de l'instruction féminine permettent ainsi, selon le dramaturge, que de « véritables crimes » soient « commis juridiquement ». À l'époque où la France se partage entre partisans et adversaires du divorce, Becque consacre également à ce débat l'une de ses premières pièces, *L'Enlèvement* (1871), dont l'héroïne paraît annoncer Nora dans *Une maison de poupée* d'Ibsen : malheureuse en ménage, son seul recours est de quitter le domicile conjugal. Mais alors que la séparation profite à l'époux aux dépens de l'épouse, seul le divorce garantirait l'équité entre l'homme et la femme. Comme Émile Augier dans *Madame Caverlet*, Alexandre Dumas fils dans *L'Étrangère* ou Victorien Sardou dans *Divorçons*, l'auteur se proclame donc ici favorable à la loi qui sera finalement votée en 1884.

Autant qu'à l'égalité entre les sexes, Becque s'intéresse à l'égalité entre les classes. Bien avant *Les Mauvais Bergers* (1896) d'Octave Mirbeau et *Le Repas du lion* (1897) de François de Curel, il est en effet le premier à mettre en scène la condition ouvrière : le héros de *Michel Pauper* (1870) est un jeune homme modeste qui, grâce à son travail et à son intelligence, parvient à s'exhausser du statut d'ouvrier à celui de patron. Son ascension exemplaire se trouve néanmoins compromise par la perversion du monde qui l'entoure. Lorsqu'il apprend, le soir de ses noces, que la jeune fille de bonne famille qu'il épouse par amour,

Programme du gala Henry Becque au Théâtre-Libre en 1904.
© BnF / Arts du spectacle

Hélène de la Roseraye, a depuis longtemps perdu son honneur avec un séducteur sans scrupules, le Comte de Rivailles, il sombre lui-même dans le vice propre à ses semblables : l'alcoolisme. Tout en affirmant la primauté du mérite personnel sur le rang social, l'auteur s'interroge ainsi sur les conditions d'un véritable affranchissement du peuple quand, pour reprendre le mot de la servante Adèle, « la débauche est en haut » et « l'ivrognerie est en bas ».

Hostile à l'exploitation de l'homme par l'homme, contempteur opiniâtre du règne de l'argent, ennemi acharné du monde des affaires, du commerce et de l'industrie, Becque n'en finit pas de s'attaquer aux principes du capitalisme.

COMŒDIA ILLUSTRÉ

M. Desfontaines

LES CORBEAUX

pièce en 4 actes, d'Henry Becque
au
THÉATRE DE L'ODEON

M. d'Inès

André Antoine a, ces temps-ci comme toujours, mieux gardé la gloire d'Henry Becque que les héritiers et continuateurs de l'auteur de *la Navette*. Déjà, au boulevard de Strasbourg, il jouait *les Corbeaux* et *la Parisienne* avec une déférence attendrie, un respect religieux, un amour ému. A l'Odéon, il a su donner une patine classique à ce chef-d'œuvre d'amertume et de vérité, à cette eau-forte en quatre tons noir sur noir, à cette galerie de victimes et de bourreaux, à ce charnier humain, saignant et étroit, à cette épopée intime et dévorante, *les Corbeaux*.

Les Corbeaux ! Gémier vient de jouer *César Birotteau* : Balzac est optimiste ; Becque, lui, ne laisse pas le mâle s'occuper de sa femme et de sa fille, ne laisse pas l'épouse et l'enfant s'occuper du père et du mari. Ce serait trop facile ! Non, non ! pas d'aide ! pas de répit ! L'adversité, la gêne, la ruine, tout de suite ! Le râle immédiatement après le triomphe, la faim en sor-

Mlle Barjac (*Judith*) Mme Grumbach (*Mme Vigneron*) Mlle Sylvie (*Blanche*)

COMŒDIA ILLUSTRÉ

Mlle Renée Carène M. Bosman M. Luitz-Moray M. Barré Mlle Dirys Mlle Darmody
« UNE AVENTURE IMPÉRIALE »

Elle raccommode Grisolles avec son mari et le « recolle » aux dominos pour y occuper l'attention conjugale, pendant qu'elle ira, froidement, courir le guilledou avec Maxime, sans crainte d'être inquiétée. Le pauvre Grisolles perd donc ainsi l'amour de la femme, qui, en revanche, lui laisse pour compte l'amitié de son mari.

Il ne nous a pas déplu de reprendre en une analyse rapide le mouvement de cette comédie, qui, par plus d'un point, rappelle *la Parisienne* d'Henry Becque. J'avoue même, — ô profane que je suis ! — dussé-je encourir l'excommunication de la petite église, que je préfère *M'amour* à *la Parisienne*, simplement parce que moins amère, moins monotone, plus variée de situations, plus gaie de dialogue, et de moins méchante humeur. C'est amusant, sans prétention, suffisamment ironiste, ça chatouille, n'égratigne pas et n'a aucune prétention de leçon sociale.

M'amour, qui en réalité repose sur trois rôles, a une bonne interprétation :

Antoinette, c'est Réjane, et c'est tout dire. Elle est l'expression vivante du personnage. On la comprend à demi-mot. Elle joue des dessous, comme un jongleur, et possède l'art admirable des sous-entendus. Elle traduit tout une pensée, avec un coup d'œil, un mot, un geste. C'est saisissant de finesse dans la réalité. Puis, cette maîtrise sans pareille dans l'interprétation d'un rôle de cette qualité, qui convient admirablement à son tempérament. Tout s'y prête, ses yeux éveillés, son nez retroussé, sa voix railleuse, avec ces particulières inflexions nasillardes d'un effet si comique.

Signoret est tout à fait bien dans le personnage du mari, M. Montureux ; il a des notes de naïveté convaincue, des enthousiasmes de collectionneur, qui lui donnent une figure très complète et réjouissante.

André Dubosc dans le personnage de Grisolles, le célibataire, n'est pas une caricature ; bien qu'au Palais-Royal il ait été créé par Raymond, il ne pouvait y perdre ses ahurissements coutumiers ; Dubosc, lui, comédien de comédie, est bien celui de cette aimable pièce ; MM. Monteaux et Barré, en des rôles à côté, ne déparent pas l'ensemble ils y donnent leur note juste.

Félix Duquesnel.

Mlle Dirys Mlle Darmody
« UNE AVENTURE IMPÉRIALE »

Avant *M'Amour* l'on reprit la jolie comédie *Une Aventure impériale*, de MM. Maurice Hennequin et Serge Basset

Les Corbeaux d'Henry Becque à l'Odéon. Article tiré du *Comœdia illustré*, 6 juin 1910. © BnF / Arts du spectacle

Aussi ne s'étonnera-t-on pas que sous le titre *Les Polichinelles*, le dramaturge n'ait entrepris, dans sa dernière pièce, de diriger la charge contre l'univers de la spéculation. À travers le récit d'une faillite, cette vaste comédie de mœurs, demeurée à l'état de fragments inachevés, nourrissait l'ambition de mettre en accusation la scandaleuse complicité de la finance et de la politique : lorsque la banque de Tavernier périclite, le soutien des élus permet au directeur ainsi qu'à tous les administrateurs de sortir indemnes du désastre, tandis que seuls ses petits clients perdent le bien qu'ils lui ont imprudemment confié après l'avoir péniblement acquis. Quant aux personnages d'hommes politiques, tous y sont renvoyés dos à dos : le goût du pouvoir et l'appât du lucre sont montrés comme le lot commun des députés modérés et des tribuns révolutionnaires. Sommet de cette noirceur et de ce pessimisme que ses contemporains lui ont tant reproché, Becque projetait de rassembler dans cette œuvre testamentaire tous les vices et toutes les turpitudes qui infectent selon lui la société, et dont les pauvres, les ignorants et les femmes lui apparaissent comme les victimes privilégiées – sauf à trouver eux-mêmes, comme Clotilde dans *La Parisienne* (1885), ce que Barbey d'Aurevilly appellerait « le bonheur dans le crime ».

M. B.

La figure de la Parisienne : immoralité et scandale

Charmante, légère, frivole, pleine de grâce et d'esprit, experte en l'art de plaire et de séduire, sans cesse entourée d'une cour de jeunes gens dont elle recueille les compliments et accepte les hommages avec complaisance, la Parisienne telle que Becque en dresse le portrait dans sa comédie de caractère n'est pas sans antécédent sur les planches...

M. Grand (Simpson), M. de Féraudy (Du Mesnil), Mme Réjane (Clotilde) et M. Antoine (Lafont) dans *La Parisienne*. Théâtre Antoine, 1904.

À TRAVERS le personnage de Célimène, Molière, dans *Le Misanthrope*, avait d'ores et déjà fixé les traits de ce type social et théâtral : la coquette. D'ailleurs, la scène de jalousie que Lafont inflige à Clotilde en ouverture de la pièce de Becque n'est rien de moins qu'une réécriture de celle dans laquelle Alceste s'emporte contre Célimène à cause d'un billet doux qu'il croit destiné à Oronte. Et ce n'est sans doute pas un hasard si la réplique martelée tout au long de l'exposition : « Ouvrez ce secrétaire et donnez-moi cette lettre », constitue un alexandrin. Becque s'inscrit bel et bien ici dans la lignée de Molière. Pourtant, l'héroïne classique n'aurait pas, pour sa part, suscité le scandale qui entoura, en 1885, la création de *La Parisienne* au Théâtre de La Renaissance : ce n'est pas elle que le critique du *Gil Blas* aurait qualifiée d'« ignoble » ou que celui du *Constitutionnel* aurait traitée de « monstre ». De Célimène à Clotilde, une étape supplémentaire est en effet

Berthe Bovy (Clotilde) et Claude Lehmann (Simpson) dans *La Parisienne* d'Henry Becque, reprise du 7 mars 1932, mise en scène par Émile Fabre. Photographie de G. L. Manuel frères. © Collections Comédie-Française

franchie dans le sens de l'immoralité : tandis que la première était veuve, la seconde est mariée, tandis que l'une s'adonnait à la coquetterie, l'autre se livre à la galanterie. Non contente d'allumer, elle se donne, formant ainsi avec son mari Du Mesnil et son amant Lafont un véritable ménage à trois.

Il est vrai que les triangles amoureux n'ont rien d'exceptionnel dans le théâtre du dernier quart du XIXe siècle. Abordé tantôt dans une perspective sérieuse par Augier, Sardou ou Dumas fils, tantôt dans une perspective comique par Labiche, le thème de l'adultère n'est pas en lui-même scandaleux. Qu'il suffise, par exemple, de se reporter au *Plus heureux des trois* (1870) de Labiche et Gondinet, où les trois protagonistes sont exactement dans la même situation que ceux de *La Parisienne*. Dans ce vaudeville, la liaison d'Hermance et Ernest est vécue par eux comme une faute, source de culpabilité et d'anxiété telle que la situation des maris cocus leur apparaît finalement comme la plus enviable : « ERNEST : Oui, je sais qu'il y a le petit inconvénient… mais puisqu'ils l'ignorent ! À part cela, de quoi se plaignent-ils ? nous les soignons, nous les dorlotons, nous les mijotons… ils sont gras, roses, frais, gais, superbes !… tandis que nous, les amoureux, nous sommes maigres, jaloux, craintifs, tremblants… comme des voleurs. » Et de tirer toutes les conséquences de ce constat en renonçant à la femme de son ami pour… se marier à son tour. Vigoureuse mise en garde contre les difficultés et les dangers de l'amour illégitime, une telle moralité n'a rien, sans doute, qui heurte la morale.

Gabrielle Robinne (Clotilde) et Jean Weber (Simpson) dans *La Parisienne* d'Henry Becque, reprise du 21 octobre 1934, mise en scène par Émile Fabre. Photographie de G. L. Manuel frères. © Collections Comédie-Française

Il en va tout autrement dans la pièce de Becque. Loin que Clotilde vive l'adultère dans la honte et le remords, c'est en toute bonne conscience et dans la plus parfaite innocence que, infidèle à son amant comme à son mari, elle trompe Du Mesnil avec Lafont et Lafont avec Simpson. Tranquille et sereine, son immoralité s'aggrave de s'ignorer. Non pourtant que Clotilde se moque de la morale, en bafoue les règles sans aucun sens de la pudeur ni des convenances. Au contraire. « Bonne réactionnaire », selon ses propres termes, attachée aux valeurs de la société bourgeoise dont elle respecte les principes et partage les préjugés, cette dernière se pique même de religion ! Mais là réside précisément toute l'originalité de *La Parisienne* : la situation irrégulière y est vécue comme une situation régulière, l'immoralité s'y affiche sous l'aspect de la moralité. Un contraste permanent s'établit entre ce que disent les personnages et ce qu'ils font, entre l'opinion qu'ils ont d'eux-mêmes et le jugement que le spectateur porte sur eux. Dans le système de valeurs perverti des protagonistes, la fidélité consiste, par exemple, non à ne pas tromper son époux mais à ne pas trahir son amant. Un décalage perpétuel se fait ainsi jour entre les mots qu'ils emploient et les réalités qu'ils désignent. C'est pourquoi l'ironie est le grand ressort de cette pièce, dont l'efficacité comique repose sur le retournement systématique du sens des répliques de Clotilde et Lafont : s'ils disent « honneur », « honnêteté », « fidélité », nous entendons « trahison »,

« tromperie », « mensonge ». Toute notion, dans leur bouche, se retourne en son contraire.

Source de comique, cette contradiction entre les propos et les mœurs des personnages possède surtout le pouvoir de jeter le doute et de semer le trouble dans l'esprit du public. En effet, si Clotilde était une parfaite libertine, sa condamnation, univoque, serait sans appel ni nuance. Or il n'en est rien. À la fois infidèle et fidèle, celle-ci demeure liée à l'époux dont elle fait la carrière par une tendresse et une complicité qui ne sont pas feintes, comme le confirmera la courte pièce intitulée *Veuve !*, sorte d'épilogue à *La Parisienne* qui, après le décès de Du Mesnil, fera dire à Clotilde à propos de Lafont : « À choisir… entre mon mari et lui… c'est peut-être lui que j'aurais préféré perdre. » Ni bonne ni mauvaise, celle-ci prend son plaisir en rendant trois hommes heureux. Et si elle ment avec la facilité et l'agilité d'une rouée, ce n'est jamais que pour éviter de faire souffrir. Figure complexe, l'héroïne éponyme brouille ainsi par son ambivalence et ses ambiguïtés les repères du spectateur qui, s'il n'ose lui donner absolument raison, ne saurait du moins lui donner totalement tort. Car comme l'écrit le grand critique Jules Lemaître : « Ce qui est sûr, c'est que la moitié des spectateurs et des spectatrices qui se scandalisent de l'inconscience de Clotilde ne peuvent s'en scandaliser que par une inconscience égale à la sienne. Qu'est-ce que Clotilde ? Un petit animal resté, au fond, aussi près de la nature que les jeunes faunesses mythologiques, qui ne vit que pour jouir et qui prend tranquillement son plaisir où il le trouve. » Puis il ajoute : « Évidemment, Lucrèce, sainte Thérèse ou la sœur Rosalie ont une conception de la vie plus distinguée. Mais qui de vous serait fâché de rencontrer Clotilde sur son chemin ?[1] » Le véritable scandale de *La Parisienne*, c'est que peut-être justement la Parisienne ne soit pas véritablement scandaleuse.

M. B.

Myriam Feune de Colombi dans le rôle de Clotilde en 1968. Photo : Collection privée

1. Jules Lemaître, *Impressions de théâtre (1888-1898)*, troisième série.

Le Théâtre Montparnasse

© Jean-Paul Lozouet

CONSTRUITE SUR UN EMPLACEMENT voué au théâtre depuis 1817, la salle actuelle a été édifiée en 1886. Dirigé par **Gaston Baty**, de 1930 à 1943, le Théâtre Montparnasse s'illustra par une programmation brillante et variée, à la mesure du grand animateur moderne qu'il était.

En 1943, c'est la comédienne **Marguerite Jamois** qui assure sa succession et présidera, pendant quelque vingt années, aux destinées du Théâtre.

Puis **Lars Schmidt** et **Jérôme Hullot** en prennent ensemble la direction.

Sous leur impulsion furent découverts en France de nombreux auteurs anglo-saxons, tels que Peter Shaffer, Arnold Wesker, Noël Coward, Harold Pinter, Murray Schisgal, servis par les plus grands comédiens.

Lorsque, en 1984, arrive **Myriam Feune de Colombi**, celle-ci procède à de nombreux embellissements et à la création du Foyer-Restaurant, tout en conservant la volonté d'une programmation éclectique et de qualité. Elle contribue en particulier à la reconnaissance de nouveaux auteurs français : Jean-Marie Besset, Éric-Emmanuel Schmitt, Gérald Sibleyras, Antoine Rault...

Parallèlement, elle procède à la réhabilitation du Petit Montparnasse qui devient une salle de 200 places consacrée à la découverte de jeunes talents.

Depuis 2006, **Bertrand Thamin** assure avec elle la codirection des deux salles.

Myriam Feune de Colombi : les raisons du cœur

Avec audace et discernement, elle dirige le Théâtre Montparnasse depuis 1984 avec, à ses côtés aujourd'hui, Bertrand Thamin. Elle a appartenu onze années durant à la troupe de la Comédie-Française et a joué, hors des murs de la salle Richelieu, le rôle de la belle Clotilde de *La Parisienne* de Becque.

Myriam Feune de Colombi et Bertrand Thamin. © Pascal Victor

Myriam Feune de Colombi est une femme délicate et affective. Il y a plus de vingt-six ans qu'elle dirige le Théâtre Montparnasse, l'une des très belles salles privées de la capitale. Elle y a déployé des vertus dont l'alliage est rare : une passion profonde, une affectivité claire, une autorité sans rigidité, une audace certaine. Fine et délicate, ravissante avec son visage au doux modelé et sa silhouette élégante, Myriam Feune de Colombi s'est affirmée au fil du temps comme un capitaine courageux. Diriger un théâtre, c'est un peu vivre comme dans un beau navire. Être à la barre et être la vigie comme le moussaillon. Elle le sait, elle l'a accepté. C'est toute sa vie.

Myriam Feune de Colombi n'aime pas parler d'elle. Mais puisque *La Parisienne* est à l'affiche du Montparnasse, on ne peut s'interdire d'aller vers elle et de solliciter ses souvenirs. En effet, elle a interprété le rôle-titre de cette pièce d'Henry Becque en 1968... Elle fut d'ailleurs, selon les critiques d'alors, une Clotilde remarquable, subtile et sans âpreté, un peu comme elle fut, selon ses camarades de l'époque, une idéale Célimène dans *Le Misanthrope* de Molière. Elle appartenait alors à la troupe de la Comédie-Française. Elle y fut onze années durant une pensionnaire très sollicitée. Sa beauté radieuse lui offrait en ce temps des « emplois » de jeune première. Elle a aimé ces années-là, celle de la très grande Comédie-Française de Jacques Charon, Robert Hirsch, Micheline Boudet, Denise Gence, Jacques Toja, Jean Piat, Maurice Escande, Georges Descrières, ses aînés ou ses camarades de promotion. Mais elle n'évoque son propre parcours qu'avec réserve.

« C'était en mars 1968... Nous n'avons pas joué *La Parisienne* à Paris, mais en tournée. C'est Jacques Échantillon qui signait la mise en scène. Clotilde est un personnage merveilleux pour une comédienne et je ne conserve que de très bons souvenirs de ce spectacle qui a beaucoup plu au public. Mes partenaires étaient Alain Feydeau de la Comédie-Française, André Oumansky et André Valmy qui, eux, n'appartenaient pas à la troupe. Au Français, d'autres comédiennes l'avaient jouée et différents metteurs en scène avaient proposé leurs visions. Lise Delamare dans les années 1950 fut une Clotilde très applaudie, comme plus tard Yvonne Gaudeau. » Mais la Clotilde très célèbre de l'après-guerre, en dehors du Français, c'est Edwige Feuillère, qui a fait des tournées internationales jusqu'à Londres et Montréal. Myriam Feune de Colombi s'en souvient parfaitement. « De grands modèles évidemment... J'ai aimé ce qu'il y a de moderne en elle. Une indépendance d'esprit dans un monde où l'épouse est très dépendante financièrement. Clotilde est très intelligente. Elle a beaucoup de charme, elle est très féminine. Elle n'est pas amorale. Elle a un mari, un amant officiel, et elle tombe amoureuse d'un troisième homme, plus jeune. Mais Henry Becque, aussi féroce soit-il, ne juge pas méchamment Clotilde. Il lui offre une liberté de ton extraordinaire si l'on songe que la pièce date de 1885. J'aime que le personnage soit une coquine, qu'elle soit un peu roublarde, mais sans perversité aucune. Il y a une joie de vivre en elle. Il ne faut surtout pas lui donner une dureté, une rigidité, un égoïsme. Elle est parfois de mauvaise foi, mais elle n'est jamais méchante. Elle ne cherche jamais à faire souffrir les autres. Elle veut vivre, vivre sa vie. Elle a de l'amour à donner... »

Myriam Feune de Colombi sourit. Ses yeux noisette pétillent. « Inutile de dire qu'à certaines époques, elle a fait scandale. Elle dérange le bel ordre qui admet qu'une femme mariée ait un amant, mais qui ne tolère pas qu'elle le trompe ! C'est l'hypocrisie de la société que dénonce Becque, auteur extraordinaire dont j'admire aussi beaucoup *Les Corbeaux*... » La directrice se souvient que, paraît-il, pendant la guerre, pour ne pas donner une image critiquable de *La Parisienne*, on intitula la pièce *Clotilde Dumesnil*, du nom de son mari.

Aujourd'hui, c'est donc Barbara Schulz qui incarne la belle enjôleuse. « J'aime beaucoup cette comédienne, j'aime sa générosité, la femme qu'elle est, j'aime son talent profond et sa disponibilité aux autres. La saison dernière, elle a été remarquable dans la pièce consacrée aux relations de Jung et Freud, *Parole et guérison*. Elle m'a téléphoné pour me dire : « J'aimerais jouer à Montparnasse à la rentrée. » On ne résiste pas à un tel souhait ! Et j'ai pensé pour elle à *La Parisienne*... elle a lu la pièce et a été enthousiasmée. Avec Didier Long, en trois jours, nous avons réuni la distribution : Jérôme Kircher, Didier Brice, Alexandre Guansé, Candice Crosmary. Clotilde est l'un des plus beaux rôles du répertoire, très complet, très nuancé et Barbara Schulz est idéale. Nous ne transposons en rien l'action, mais, aujourd'hui, Clotilde serait chef d'entreprise, car seule la société de cette époque l'enferme dans une position de dépendance. Henry Becque le montre bien. Et en cela, il est très moderne. »

Armelle Héliot

Historique des spectacles

• Saison 1985-1986
Les Gens d'en face
d'Hugh Whitemore
adapt. Éric Kahane
m. en scène Jonathan Critchley

Le Veilleur de nuit
de Sacha Guitry
m. en scène Jacques Nerson

• Saison 1986-1987
La Maison du lac
d'Ernest Thompson
adapt. Pol Quentin
m. en scène Raymond Gerôme

Conversations après un enterrement
de Yasmina Reza
m. en scène Patrice Kerbrat
Molière de l'auteur

• Saison 1987-1988
Autres horizons
d'Harold Pinter
adapt. Éric Kahane
m. en scène Jean Le Poulain

Le Secret
d'Henry Bernstein
m. en scène Andréas Voutsinas
Molière du comédien dans un second rôle

• Saison 1988-1989
La Vraie Vie
de Tom Shoppard
adapt. Jean-Claude Carrière
m. en scène Andréas Voutsinas

• Saison 1989-1990
Le Souper
de Jean-Claude Brisville
m. en scène Jean-Pierre Miquel
Molière du spectacle du théâtre privé

• Saison 1990-1991
Amadeus
de Peter Schaffer
adapt. Pol Quentin
m. en scène Jean-Luc Tardieu

• Saison 1991-1992
Calamity Jane
de Jean-Noël Fenwick
m. en scène Jacques Rosny

Cuisine et dépendances
de Jean-Pierre Bacri et Agnès Jaoui
m. en scène Stephan Meldegg
Molière du spectacle comique, meilleur spectacle du théâtre privé, des auteurs, du metteur en scène

• Saison 1992-1993
Marcel et la belle excentrique
de Jean-Pierre Grédy
m. en scène Roland Petit

Mortadela
concept. et m. en scène Alfredo Arias
spectacle du Groupe TSE
Molière du spectacle musical

• Saison 1993-1994
Passions secrètes
de Jacques-Pierre Amette
m. en scène Patrice Kerbrat

Célimène et le Cardinal
de Jacques Rampal
m. en scène Bernard Murat
Molière de la comédienne, du décorateur, du créateur costumes

• Saison 1994-1995
L'Allée du roi
de Françoise Chandernagor
m. en scène Jean-Claude Idée

• Saison 1995-1996
La Dernière Salve
de Jean-Claude Brisville
m. en scène Marcel Bluwal

• Saison 1996-1997
Le Bal des voleurs
de Jean Anouilh
m. en scène Jean-Claude Idée

Le Libertin
d'Éric-Emmanuel Schmitt
m. en scène Bernard Murat
Molière du créateur costumes

Des ronds dans l'eau
Récital Philippe Clay
m. en scène Jean-Luc Tardieu

• Saison 1997-1998
Deux sur la balançoire
de William Gibson
adapt. Jean-Loup Dabadie
m. en scène Stéphane Hillel

• Saison 1998-1999
Luchini dit La Fontaine, Céline...

Copenhague
de Michael Frayn
adapt. Jean-Marie Besset
m. en scène Michael Blakemor
Molière de l'adaptateur d'une pièce étrangère, de la pièce de création

• Saison 1999-2000
À torts et à raisons
de Ronald Harwood
adapt. Dominique Hollier
m. en scène Marcel Bluwal
Molière du créateur lumière

• Saison 2000-2001
Fernando Krapp m'a écrit cette lettre
de Tankred Dorst
adapt. Bernard Lortholary
m. en scène Bernard Murat

Transferts
de Jean-Pierre About
m. en scène Jean-Claude Idée

Les Dernières Lunes
de Furio Bordon
adapt. Jean Piat
m. en scène Stéphane Hillel

• Saison 2001-2002
La Boutique au coin de la rue
d'après Ernst Lubitsch

adapt. de J.-J. Zilbermann
et Évelyne Fallot
m. en scène J.-J. Zilbermann
Molière de la pièce de création, des adaptateurs d'une pièce étrangère, du metteur en scène, du décorateur, du créateur lumière

• Saison 2002-2003
Le Vent des peupliers
de Gérald Sibleyras
m. en scène Jean-Luc Tardieu

• Saison 2003-2004
Le Jour du destin
de Michel del Castillo
adapt. de Jean-Marie Besset
m. en scène Jean-Marie Besset
et Gilbert Désveaux

L'Homme, la Bête et la Vertu
de Luigi Pirandello
adapt. de Toni Cecchinato
m. en scène Jean-Claude Idée

• Saison 2004-2005
Déjeuner chez Wittgenstein
de Thomas Bernhard
adapt. Patrick Démerin
m. en scène Hans Peter Cloos

L'Évangile selon Pilate
d'Éric-Emmanuel Schmitt
m. en scène Christophe Lidon

• Saison 2005-2006
1962 de Mehdi Charef
m. en scène Kader Boukhanef
et Aziz Kabouche

Le Caïman
d'Antoine Rault
m. en scène Hans Peter Cloos

Ma vie avec Mozart
d'Éric-Emmanuel Schmitt
m. en scène Christophe Lidon

• Saison 2006-2007
La Danse de l'albatros
de Gérald Sibleyras
m. en scène Patrice Kerbrat

Goldoni Strehler, Mémoires
adapt. de Myriam Tanant
m. en scène Giorgio Ferrara

Oscar et la dame rose
d'Éric-Emmanuel Schmitt
m. en scène Joël Santoni

• Saison 2007-2008
Le Système Ribadier
de Georges Feydeau
m. en scène Christian Bujeau

Le Banc
de Gérald Sibleyras
m. en scène Christophe Lidon

• Saison 2008-2009
Le Diable rouge
d'Antoine Rault
m. en scène Christophe Lidon
Molière du décorateur, du créateur lumière

Vingt-quatre heures de la vie d'une femme
de Stefan Zweig
adapt. et m. en scène
Marion Bierry

Parole et guérison
de Christopher Hampton
adapt. et m. en scène
Didier Long

Une comédie romantique
de Gérald Sibleyras
m. en scène Christophe Lidon

Jalousie en 3 mails
d'Esther Vilar
m. en scène Didier Long

L'équipe du Théâtre

Directeurs : Myriam Feune de Colombi et Bertrand Thamin
Attachée de direction : Marie-Françoise Morard
Secrétariat : Véronique Saavedra
Comptabilité : Nathalie Chambert
Collectivités : Service Collectivités Théâtres Brachet
Régisseur général : Gilles Hardoin
Régisseur lumière : Grégoire Richard
Habilleuse : Clémentine Savarit
Caisse : Jean-Marie Donnart, Pierre-Éric Dussauze, Julien Chevalier
Contrôle : Hervé Lamare
Ouvreuses : Marie-Thérèse Médina, Monique Courtillet, Chantal Gras, Caroline Père-Lahaille, Natacha Sardou
Contrôleur-postier : Fabrice Renouard
Gardienne : Claire Gilles

Remerciements

Construction du décor : Jipanco
Couturière-lingère : Janou Dechambre
Conception coiffure : Magali Ohlmann ; fabrication des postiches : Atelier Marie-Ange
Coiffures : Didier Wirtz pour le salon Michel Brosseau
Communication : Publicité Chalmandrier

L'actualité

Le festival d'Automne : une ambition intacte

Le festival d'Automne sans Alain Crombecque

De la continuité dans l'audace

par Gilles Costaz

Le festival avant-gardiste de Paris, qui se tient du 9 septembre au 31 décembre, garde le style de son directeur disparu, Alain Crombecque.

Alain Crombecque, mort le 12 octobre 2009, n'a pas été remplacé à la tête du festival d'Automne. Ses deux collaboratrices, Marie Collin et Joséphine Markovits, sont devenues directrices générales « par intérim » et continuent le travail (remarquable) qu'elles effectuent depuis de nombreuses années. Mais le remplaçant de Crombecque n'est toujours pas trouvé.

Crombecque n'était pourtant pas le créateur du festival. C'est Michel Guy qui l'avait créé en 1972, estimant que Paris avait perdu sa place de capitale culturelle et qu'il était urgent d'inventer une manifestation qui, pour le théâtre, la danse, la musique, le cinéma et les arts plastiques, montre ce qui se faisait de plus audacieux en France et dans le monde. L'aventure a tout de suite trouvé sa voie et son succès. Il y a au moins deux livres – l'un par Jean-Pierre Léonardini, l'autre par Guy Scarpetta – qui en content l'histoire. Crombecque, qui était le collaborateur de Michel Guy, lui avait naturellement succédé en 1993.

Cette nouvelle édition lui ressemble quelque peu. Pourtant, il ne l'avait pas préparée. « Par un hasard heureux auquel il aura cette année et secrètement beaucoup œuvré avant de disparaître, nombre des metteurs en scène, chorégraphes et compositeurs qu'il affectionnait particulièrement sont présents pour cette 39e édition : Patrice Chéreau, Peter Brook, Luc Bondy, Claude Régy, György Kurtág », disent Marie Collin et Joséphine Markovits. Bien entendu, hommage lui sera rendu, comme cela avait été le cas au festival d'Avignon, dont il avait également été le directeur.

Il est difficile de mettre en lumière toutes les initiatives qui concourent à l'élaboration de la programmation. Car autant le festival suscite des créations, autant il apporte son label à des productions qui auraient pu avoir lieu sans lui mais qui, rejoignant l'esprit de l'ensemble, bénéficient de son aide à la fois politique et stratégique. Mais certains théâtres se plaignent parfois que le festival bénéficie d'une paternité où il n'a qu'une part bien réduite ! Quoi qu'il en soit, l'édition 2010 est belle.

Parallèlement aux jeunes équipes comme celles de Sylvain Creuzevault

Notre terreur mise en scène par Sylvain Creuzevault. 2010. © Marine Fromanger

(reprise de *Notre terreur*) et d'Éric Didry (qui dirige Nicolas Bouchaud dans la mise au théâtre d'un entretien de Serge Daney), le théâtre français est présent avec certains de ses plus grands noms. Patrice Chéreau aborde le théâtre de Jon Fosse en montant *Rêve d'automne* joué par Pascal Greggory (Théâtre de la Ville, 4 décembre-25 janvier). Claude Régy fait découvrir *Brume de Dieu* de Tarjei Vesaas (Ménagerie de Verre, 13 décembre-29 janvier). Julie Brochen reprend sa *Cerisaie* de Tchékhov créée à Strasbourg (Odéon, 22 septembre-24 octobre). On ajoutera à ce groupe deux étrangers célèbres à Paris : le Suisse Luc Bondy qui met en scène *Les Chaises* de Ionesco jouées par Micha Lescot et Dominique Reymond (29 septembre-23 octobre) et l'Anglais Peter Brook qui, comme il l'avait fait avec *Carmen* autrefois, va dépoussiérer ou tout le moins alléger un opéra ; ce sera *Une flûte enchantée*, d'après l'œuvre de Mozart (Bouffes du Nord, 9 novembre-31 décembre).

Certains des grands événements tiennent aussi dans leur durée exceptionnelle : plus de six heures pour le spectacle du Polonais Krystian Lupa sur l'univers d'Andy Warhol, *Factory 2* (Colline, 11-15 septembre) et plus de onze pour *I Demoni*, le spectacle en italien de l'Allemand Peter Stein d'après Dostoïevski (Odéon-Berthier, 18-26 septembre). Parmi les autres invités, on citera le Russe Nikolaï Kolyada, les Belges de Tg Stan, l'Argentin Claudio Tolcachir, l'Anglais Simon McBurney, le Franco-Argentin Martial Di Fonzo Bo (pour l'opération Paroles d'acteurs de l'Adami)… La palme de la provocation ira – et ce n'est pas une surprise – à l'Argentin Rodrigo García pour sa pièce *C'est comme ça et me faites pas chier* (Gennevillliers, 5-14 novembre).

G. C.

Du 9 septembre au 31 décembre
www.festival-automne.com

Rencontre

Julie Depardieu dans *Nono* de Guitry
La légèreté même

par Armelle Héliot

Elle joue le rôle-titre de *Nono*, un pièce de jeunesse de l'écrivain. Mise en scène par Michel Fau et très bien entourée, elle s'essaye à un nouveau genre.

Julie Depardieu (au centre) dans *Nono* de Sacha Guitry, mise en scène par Michel Fau. Théâtre de la Madeleine, 2010. © Marcel Hartmann

Il y a en elle une légèreté, une vivacité qui enchantent. Elle a du charme, elle est mutine. Longue, blonde, regard clair, teint pâle, elle se déplace à la vitesse de l'éclair juchée sur son scooter parisien. Sérieuse et casquée, elle est une fine Athéna qui traverse la ville avec allégresse, transistor en bandoulière glissé devant elle. Julie Depardieu est une mélomane heureuse qui écoute Radio Classique où qu'elle se trouve, fréquente avec passion les salles de concerts, d'opéra, comme les festivals. Un goût qu'elle partage avec Michel Fau qui la met en scène dans *Nono* et joue à son côté, entouré de Brigitte Catillon, Xavier Gallais, Sissi Duparc, Roland Menou.

Elle n'est pas du tout une débutante au théâtre. Mais avec Sacha Guitry, elle aborde un répertoire nouveau. Cette jeune femme qui a grandi dans un monde où l'on révère la culture, entre sa mère Élisabeth, son père Gérard Depardieu, son grand frère Guillaume tragiquement disparu il y a deux ans, est une enfant de la balle. Mais elle a d'abord fait de sérieuses études de philosophie avant de révéler des dons certains pour le jeu en tournant dans *Le Colonel Chabert* en 1994 auprès de son père. En 2004, elle obtenait la reconnaissance de toute la profession en obtenant deux césars, celui de la révélation et celui du meilleur second rôle féminin pour *La Petite Lili* de Claude Miller. Quatre ans plus tard, c'est pour un autre film de Claude Miller qu'elle a reçu un nouveau césar du meilleur second rôle féminin dans *Un secret*.

Côté théâtre, elle a joué en 2002 une adaptation de *Mémoires de deux jeunes mariées* d'Honoré de Balzac, par Jacques Descombes. Un très joli travail, fin, touchant. Elle y imposait la délicatesse d'un jeu tout en ombres qui avait alors impressionné la critique et enchanté le public. L'année suivante, elle jouait *Le Jardin des betteraves* de Roland Dubillard sous la direction de Jean-Michel Ribes dans la grande salle du théâtre du Rond-Point. Le cinéma, qui avait déjà happé la jeune femme aux trois césars, ne l'a guère lâchée depuis et il lui fallait un projet vraiment intéressant pour qu'elle s'engage. Elle l'a trouvé avec son ami Michel Fau.

Un ami, en effet. Elle connaissait le comédien dont elle admirait la palette large et contrastée. Un été, elle s'est inscrite à un stage où comédiens et chanteurs travaillent ensemble sur la prosodie classique. C'était à Saint-Céré, sous la direction de Michel Fau. Julie Depardieu conserve de ces trois semaines de travail intensif un souvenir indélébile. Depuis, leur amitié s'est renforcée. Elle raconte en riant leur voyage, vingt heures de voiture, pour se rendre à Bayreuth, l'été dernier, dans le temple de la musique wagnérienne.

Michel Fau voit en elle une nouvelle Yvonne Printemps pour la grâce, l'alacrité, la voix mélodieuse. Ce n'est pas cette comédienne délicieuse qui créa *Nono*, pièce d'un jeune Guitry de vingt ans, pièce qui connut un très beau succès et encouragea le fils de Lucien à persévérer. *Nono* n'est pas une pièce très connue parce que Guitry n'en fit pas un film, au contraire d'autres titres, tel *Désiré* par exemple ou *Quadrille*. Mais il créa le rôle que reprend aujourd'hui Michel Fau.

L'argument de la pièce est assez mince. Nono est une jeune femme entretenue, une « grue » dira-t-elle d'elle-même un moment, qui prend la vie avec allégresse et trompe son amant avec un de ses amis. On ajoute l'épouse et quelques domestiques, on va de Paris à la Normandie, et tout se noue et se dénoue assez rapidement ! Pas de quoi en faire un drame, mais une comédie très enlevée et pleine d'esprit. « La langue de Sacha Guitry est très difficile, souligne Julie Depardieu. On la croit simple, elle est sans fioritures, sans préciosité, faite pour être dite. Mais que l'on inverse l'ordre des mots, que l'on déplace une interjection, et tout glisse et l'effet tombe... Le texte est très difficile à apprendre et nous avons beaucoup travaillé sur la musicalité, les mouvements, les rythmes. »

Dans des costumes très colorés aux coquines transparences, Julie Depardieu est une Nono qui fait rire, mais qui touche, aussi. « Michel Fau joue sur les mots en disant que Nono est à la fois Lulu et Nana. Et ce n'est pas sans pertinence. Il y a une vitalité en Nono. Mais, elle le dit, que pourrait-elle faire de sa vie si elle n'était pas entretenue ? Il n'y a rien de tragique dans ce destin. Mais sa vie pourrait être tragique si elle ne profitait pas de ses charmes, joyeusement, sans état d'âme. » Julie Depardieu a beaucoup aimé travailler avec le groupe réuni par Michel Fau. « On apprend au contact des grands acteurs, dit-elle. Et quand vos partenaires sont Brigitte Catillon ou Xavier Gallais, on est admiratif ! » Peu sûre d'elle et de ses dons, Julie Depardieu doute toujours. Mais elle est très heureuse de cette aventure au théâtre.

A. H.

Nono, à partir du 7 septembre
Théâtre de la Madeleine - 19, rue de Surène - 75008 Paris
(Tél. : 01 42 65 07 09).

Gens

Arnaud Denis au Vingtième Théâtre

De Molière à Besset

Le jeune acteur-metteur en scène donne une nouvelle vie à *Ce qui arrive et ce qu'on attend* de Jean-Marie Besset.

Arnaud Denis dans *Ce qui arrive et ce qu'on attend* de Jean-Marie Besset. Vingtième Théâtre, 2010. © Photo Lot

PARMI les jeunes metteurs en scène, Arnaud Denis est l'un de ceux qui ont fait l'ascension la plus foudroyante. Ses *Fourberies de Scapin*, prix du festival d'Anjou, et son *Ingénu* ont fait des triomphes. Et ses *Femmes savantes*, avec Jean-Laurent Cochet dans le rôle de Philaminte, sont passées du Théâtre 14 au Petit Théâtre de Paris, en raison de l'engouement provoqué. On pensait que Denis et sa compagnie de la Chimère allaient exploiter longtemps la voie des pièces classiques. Eh bien, non. C'est un Jean-Marie Besset qui est à leur programme en cette rentrée : *Ce qui arrive et ce qu'on attend*, la comédie la plus acérée sans doute de l'auteur qui, longtemps après sa création par Patrice Kerbrat en 1993, trouve là une nouvelle vie et une nouvelle forme, tout à fait convaincantes.

Arnaud Denis, qui a vingt-six ans, n'a pas pour autant brûlé les étapes. Ce grand personnage – il doit approcher le mètre quatre-vingt-dix – a commencé tôt. Il est même passé par les États-Unis avant de rentrer en France suivre l'enseignement de Jean-Laurent Cochet. Celui-ci lui a dit : « Tu seras acteur-metteur en scène. » Parole de prophète ! Denis rappelle volontiers tout ce qu'il doit à cette formation : « Cochet m'a appris l'essentiel. Il m'a enseigné l'humilité, que la vanité empêche la recherche de vérité. Ce que j'aime, c'est la nature, que le jeu soit juste. » Ces années-là ont plus compté que le Conservatoire national où il est entré ensuite. Il n'y est resté qu'un an. Le directeur, Claude Stratz, ne voulait pas que ce jeune élève parte en tournée et manque des cours. Denis a préféré claquer la porte, après avoir grappillé quelques conseils de ses professeurs, Andrzej Seweryn et Dominique Valadié.

« J'ai plus appris en 80 représentations de *Scapin* qu'en une année de Conservatoire. Il fallait que je progresse à partir de mes maladresses. Avec un professeur, on a un seul regard. Avec le public, on en a beaucoup. C'est la vraie démocratie. » Il considère que le statut de comédien-metteur en scène était un « défi » lancé par Cochet et qu'il devait le relever. C'est ainsi qu'il joue toujours l'un des rôles principaux de ses spectacles. Il était le capitaine des pompiers dans *La Cantatrice chauve*, le personnage-titre dans *Scapin* et *L'Ingénu*… Il est Nils dans la pièce de Besset. « La mise en scène est venue d'une manière naturelle et technique. Je revendique ces deux casquettes ! Ce sont deux activités complémentaires. Je m'inspire de grands maîtres comme Laurence Olivier, Jean-Louis Barrault, Sacha Guitry, Louis Jouvet. »

Il a d'abord privilégié les classiques car « ce sont des textes charpentés, géniaux, qui vous dépassent ». Mais le théâtre contemporain l'attendait. Jean-Marie Besset est venu voir *L'Ingénu*. Denis s'est mis à lire des pièces de Besset et il a adoré *Ce qui arrive et ce qu'on attend*. « Depuis *Godot*, c'est la plus grande pièce sur l'attente. Besset entrecroise la réussite sociale et la réalisation de soi-même par l'amour, puis met en route un destin qui dépend des portes ouvertes et fermées. C'est amoral, moins cynique qu'il n'y paraît. » Subventionnée par la mairie de Paris, la compagnie a eu rapidement l'accord du directeur du Vingtième Théâtre, Pascal Martinet, pour monter le spectacle. Virginie Pradal a accepté de jouer le rôle de la directrice de cabinet, qu'avait créé Marie-France Pisier. L'aventure pouvait commencer sans tarder ! Pour jouer Nils, qu'il voit comme « un observateur, celui qui s'immisce dans les affaires des autres », il s'est inspiré de Jean-Marie Besset lui-même. Et même le décor d'Édouard Laug, qui utilise les cubes, les masses et les tiroirs, fait écho à l'appartement personnel de Besset !

Ensuite, Arnaud Denis reviendra peut-être aux classiques. Mais ce n'est pas tout à fait sûr. Il est en train d'écrire sa première pièce…

G. C.

Ce qui arrive et ce qu'on attend, jusqu'au 31 octobre.
Vingtième Théâtre
7, rue des Platrières - 75020 Paris
(Tél. : 01 43 66 01 13).

La quinzaine d'Armelle Héliot

Derniers feux d'été, entrée dans l'automne

En ce début de saison 2010-2011, on peut témoigner de la vitalité de deux institutions privées parisiennes qui se distinguent par la qualité de leur programmation. L'une est le Lucernaire, l'autre les Déchargeurs. La première fut fondée par Christian Le Guillochet et Laurent Terzieff, l'autre par Vicky Messica. Des comédiens, des artistes, sont à l'origine de ces salles et c'est peut-être ce qui fait la belle tenue de leurs histoires, malgré la disparition des créateurs et de nouveaux directeurs à leurs têtes. Des femmes et des hommes fidèles à un esprit. Sans entrer ici dans le détail des conditions dans lesquelles sont accueillies les compagnies – et qui sont plus loyales que dans certains établissements richement dotés… – on peut louer des programmations diverses, exigeantes qui demeurent à l'affiche durant l'été ou se renouvellent dès le mois d'août, ce qui permet aux citadins retenus à Paris d'aller au théâtre en toute quiétude.

Au Lucernaire, Jean-Paul Audrain incarne toute la douleur d'Oscar Wilde dans **De Profundis**. Un texte déchirant dans lequel le poète, qui a été jeté en prison pour ses relations avec un jeune homme léger, tente de reconstituer l'amère aventure. Une mise en scène de Grégoire Couette-Jourdain, sobre, stricte et l'interprétation forte et profonde d'un comédien ultrasensible. Dans une autre salle, une jeune équipe s'empare, avec une formidable santé, de la pièce très noire et féroce de Lee Hall, **La Cuisine d'Elvis**. On connaît l'auteur, scénariste de *Billy Elliot* notamment, l'auteur de *Face de cuillère*, déchirant monologue joué notamment en France par Romane Bohringer sous la direction de Michel Didym et par Laetitia Poulalion avec Alain Batis. Régis Mardon, le metteur en scène, jette sur le plateau la crudité voulue par Lee Hall. Mais l'écrivain ne juge pas, ne condamne pas ses personnages. Il raconte. Il leur donne une épaisseur humaine et les interprètes sont excellents. Benoît Thévenoz, Éric Desré, Laurence Porteil, et dans le rôle de la toute jeune adolescente, la fascinante Anne Puisais. Plus haut dans la maison, dans la toute petite salle, Jean-Paul Wenzel présente, sous le titre **Cinq clés**, quatre pièces brèves. Il les a écrites comme des nouvelles acides à deux personnages, les met en scène et joue avec la fine Jade Duviquet, le très bon Thibault Vinçon, et sa fille Lou Wenzel à la forte personnalité. C'est vif et plaisant.

Laurence Porteil, Benoît Thévenoz, Anne Puisais et Éric Desré dans *La Cuisine d'Elvis* de Lee Hall, mise en scène par Régis Mardon. Le Lucernaire, 2010. © Pierre Rigae

Aux Déchargeurs, l'adaptation, par Claire Ruppli, qui en est l'interprète, du roman de Sylvie Germain, **La Pleurante des rues de Prague**, est un exemple superbe de transcription pour la scène. La comédienne, frêle dans un grand imperméable, pieds nus, dit à voix haute et claire le beau texte qui ressemble à un conte cruel et dans lequel passent comme des ombres, par-delà la pleurante sans visage, Bruno Schulz et Franz Kafka, le Golem et les petits enfants juifs assassinés. Un très grand moment de théâtre.

Ailleurs, et dans un établissement très intéressant lui aussi par sa programmation audacieuse, mais qui est une salle du réseau subventionné par la Ville de Paris, le Vingtième Théâtre, le très doué Arnaud Denis reprend l'une des premières pièces de Jean-Marie Besset, **Ce qui arrive et ce qu'on attend**. Une comédie rosse dans laquelle l'écrivain moque les milieux culturels, imaginant que le ministère de la Culture organise un concours d'architecture pour un monument à édifier sur la lune… Cette situation permet à Jean-Marie Besset de développer des portraits de personnages attachants, humains, faibles et contradictoires. C'est une très bonne pièce et qui tient le coup ! Arnaud Denis en donne une version vive, sarcastique et s'appuie sur une distribution forte. Virginie Pradal, sous une perruque brune, est épatante. Adrien Melin est nuancé, subtil comme l'est Blanche Leleu dans une partition difficile. Jean-Pierre Leroux compose avec esprit et Arnaud Denis est comme toujours remarquable. Le jeune Jonathan Max-Bernard possède une belle présence, mais il doit s'affirmer plus. N'oublions pas Niels Adjiman, l'indispensable huissier.

A. H.

De Profundis (jusqu'au 11/09), *La Cuisine d'Elvis* (jusqu'au 25/09), *Cinq clés* (jusqu'au 09/10), Le Lucernaire (tél. : 01 45 44 57 34).
La Pleurante des rues de Prague (jusqu'au 09/10) Les Déchargeurs (tél. : 08 92 70 12 28).
Ce qui arrive et ce qu'on attend (jusqu'au 31/10) Vingtième Théâtre (tél. : 01 43 66 01 13).

Lire

Le Vertige des animaux avant l'abattage de Dimìtris Dimitriàdis

Nilos et Militssa ont décidé de se marier. Lorsque Nilos l'annonce à Philon, son ami d'enfance, ce dernier, tel un oracle, prédit un avenir funeste, tragique et incestueux au couple et à leurs futurs enfants. Prenant le contre-pied de la tragédie grecque où la fatalité anéantit toute action, l'auteur met au cœur de sa réflexion le désir et la volonté d'agir de l'homme qui, seul, est maître de son destin.

Les Solitaires Intempestifs
124 pages, 12 €

Belgrade - Chante, ma langue, le mystère du corps glorieux d'Angélica Liddell

À l'heure des funérailles de Slobodan Milosevic, Angélica Liddell entraîne le lecteur à Belgrade, ville en péril. Elle met en scène une mosaïque de voix et de destins qui disent la douleur, la frustration, la haine et la misère de tout un peuple. Le langage est cru, vif et sans concession, à l'image de ces personnages qui, meurtris par un passé trop douloureux, n'envisagent pas d'avenir meilleur.

Éditions Théâtrales / Maison Antoine Vitez, 114 pages, 14,5 €

Sur un pont par grand vent de Bastien Fournier

Dans une forêt, un jardin, un appartement, un bar ou sur un pont, divers personnages évoquent l'histoire d'une jeune femme en quête d'un passé qu'elle cherche à comprendre : sa mère assassinée, sa fuite, son arrivée chez une religieuse. La jeune femme assiste, en retrait, au récit de sa vie. L'auteur nous propose une belle évasion à travers les différents lieux et personnages de cette pièce.

Lansman Éditeur,
coll. « Théâtre à vif », 44 pages, 9 €

Blanche de Fabrice Melquiot

Ouais, une petite fille rêveuse, passe le plus clair de son temps avec sa Mémé Blanche, atteinte de la maladie d'Alzheimer. Elles se passionnent à jouer et converser ensemble de l'école, de Pépé Lulu ou des personnes qui peuplent la guinguette. Se nouent des dialogues touchants entre une grand-mère à part et sa petite fille débordante d'imagination.

L'Arche, coll. « Théâtre jeunesse »
59 pages, 9,50 €

Nos prochains numéros

Les Amis du placard de Gabor Rassov

La Mère de Florian Zeller

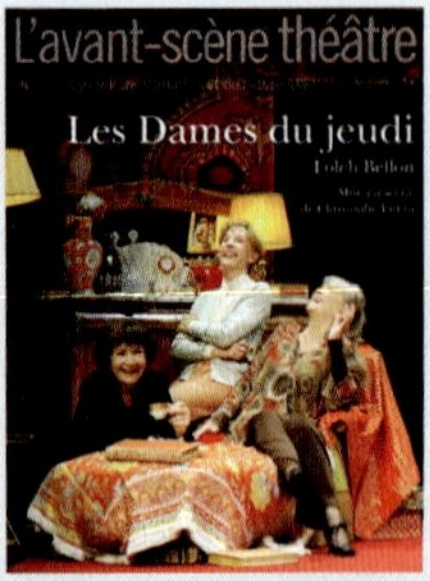

1288 - 15 septembre 2010

1287 - 1er septembre 2010

1286 - 1er août 2010

Les dernières parutions

1256 - 15 janvier 2009 - 12 €
L'Opéra de Sarah
(Alain Marcel)

1257 - 1er février 2009 - 12 €
Très chère Mathilde
(Israel Horovitz
Ad. Michèle Fitoussi)

1258 - 15 février 2009 - 12 €
Numéro spécial Harold Pinter
L'Anniversaire (Harold Pinter
Ad. Michel Fagadau)

1259-1260 - 1er mars 2009
14 € (numéro double)
César, Fanny, Marius
(d'après Marcel Pagnol
Ad. Francis Huster)

1261 - 1er avril 2009 - 12 €
Les Fiancés de Loches
(Georges Feydeau)

1262 - 15 avril 2009 - 12 €
L'Habilleur (Ronald Harwood
Ad. Dominique Hollier)

1263-1264 - 1er mai 2009
14 € (numéro double)
Prises d'auteurs
(ouvrage collectif)

1265 - 1er juin 2009 - 12 €
Numéro spécial
Jean-Michel Ribes
Par-delà les marronniers
Sélection d'extraits de pièces

1266 - 1er juillet 2009 - 12 €
Oncle Vania (Anton Tchékhov
Trad. Arthur Adamov)

1267 - 1er août 2009 - 12 €
Parole et guérison
(Christopher Hampton
Ad. Didier Long)

1268 - 1er septembre 2009 - 12 €
Sentiments provisoires
(Gérald Aubert)

1269 - 15 septembre 2009 - 12 €
Vie privée (Philip Barry
Ad. Pierre Laville)

1270 - 1er octobre 2009 - 12 €
Qui est Monsieur Schmitt ?
(Sébastien Thiéry)

1271 - 15 octobre 2009 - 12 €
La Serva amorosa
(Carlo Goldoni, ad. Michael
Stampe et Christophe Lidon)

1272 - 1er novembre 2009 - 12 €
Douze hommes en colère
(Reginald Rose, ad. Attica Guedj
et Stephan Meldegg)

1273 - 15 novembre 2009 - 12 €
Médée (Max Rouquette)

1274 - 1er décembre 2009 - 12 €
Casimir et Caroline
(Ödön von Horváth
Trad. François Regnault)

1275 - 1er janvier 2010 - 12 €
David & Edward
(Lionel Goldstein
Trad. Éliane Rosilio)

1276 - 15 janvier 2010 - 12 €
Une comédie romantique
(Gérald Sibleyras)

1277 - 1er février 2010 - 12 €
Face au paradis
(Nathalie Saugeon)

1278 - 15 février 2010 - 12 €
Colombe (Jean Anouilh)

1279 - 1er mars 2010 - 12 €
Les Justes
(Albert Camus)

1280 - 15 mars 2010 - 12 €
La Barbe bleue
(Jean-Michel Rabeux)
Mon petit Poucet (José Pliya)
(d'après Charles Perrault)

1281 - 1er avril 2010 - 12 €
Les Oiseaux
(Aristophane
Ad. Alfredo Arias)

1282 - 1er mai 2010 - 12 €
Être acteur
Festival L'Oise au théâtre

1283 - 1er juin 2010 - 12 €
Gens de théâtre
Festival de la correspondance
de Grignan

1284-1285 - 1er juillet 2010
15 € (numéro double)
Le Théâtre du Soleil,
notre théâtre

1286 - 1er août 2010 - 12 €
Solness, le Constructeur
(Henrik Ibsen
Trad. Martine Dolléans)

1287 - 1er septembre 2010 - 12 €
Le Prénom
(Matthieu Delaporte
et Alexandre de la Patellière)

1288 - 15 septembre 2010 - 12 €
Les Dames du jeudi
(Loleh Bellon)